FLORET
READING

小花阅读

我们只写有爱的故事

青春阅读　幸得相见

千山只待你

司无邪 著

贵州出版集团
贵州人民出版社

作者介绍

- 司无邪 -
SIWUXIE

小花阅读签约作者

非典型金牛女,已经开始被人喊阿姨的90后中年妇女,
平生有三爱。
一爱美食,以吃尽天下美食为己任。
二爱旅游,企图用自己脚步丈量整个地球。
三爱幻想,常年沉浸二次元,
想象自己是拯救世界的女超人。

作者前言
ZUOZHE QIANYAN

已经快要记不清当初写这篇文的初衷是什么了。

只依稀记得,那时的自己爱极了仙侠,几乎把市面上所有仙侠小说都看了个遍,直到再也搜不出符合自己口味的仙侠小说时,便冒出这样一个大胆的念头,不如自己写给自己看!

彼时的我从未想过,有朝一日会走上这样一条道路,而这篇一直被搁置在笔记本中的小说则静静躺了五年。

重新拾起五年前的脑洞,比想象中还要困难。

最初的设定完全可以写出一个五十万字以上的长篇,而今的篇幅却只有十二万字,怎样才能最大限度地保留,成了最大的问题。

除此以外,十七岁的我和二十二岁的我也存在着极大的差距。

当时几乎就想要放弃。

可它是我写的第一个故事,是支撑着我走到现在的路基,若没有这个故事,便不会有现在的我。

完成它,几乎已经成了我的一个执念。

和我同时期开篇的小伙伴眼看就要完稿，而我依旧陷在是否该保留最初的想法的困惑里，期间还有面临毕业等等事情的烦恼。

　　不只是烦，还很乱。

　　一个星期后，再和若若梨姐联系上时，小伙伴全都已经完稿，眼见截稿日一天一天逼近，更是急得恨不得能日更两万字。

　　可是急也没办法呀，字只能一个一个地打。

　　最后终究还是没能在截稿日交上稿，足足往后拖了三天。

　　在这里真的很感谢若若梨姐姐，每次都给我极大的包容，耐心与我分析，告诉我，问题究竟出在哪里。

　　除此，小伙伴也都超有爱，虽然我们常常互怼，却也"爱"得深沉，一起相约深夜赶稿，一起吐槽挖掘脑洞，相互偷拍做表情包。

　　嗯，其实我们是真心相爱，只是方式略显凶残。

　　一不留神就讲了这么多和正文并无过多关联的东西，最后还是要圆回来一句，阿雪与玄溟的CP是目前为止我所有文里最喜欢的一对，他们在最青涩懵懂的时候相遇，从不知情爱为何物到何以断相思，分分合合穿梭两世，历时千年，终于相守在一起……

　　希望大家能喜欢这个故事，喜欢这对CP。

司无邪

小花阅读

【梦三生】深情古风系列

【梦三生】系列之《千山只待你》

司无邪 / 著

标签：三足"乌鸦精"神女 / 冷艳高贵玄武帝君

内容简介：

　　为了帮暗恋多年的微醺补全残魂，阿雪一心想偷取淬玉泉水，没想到拿了泉水，还多了个叫玄溟的厉害师傅。

　　师傅有三好，高贵冷艳又傲娇，每天的生活变得鸡飞狗跳。

　　直到连碧神女突然出现，昔日记忆重浮水面，琅琊山的覆灭，微醺的决断，冉止的历劫……

　　阿雪终于明白了一切的过往，也知道了有些事情大约是从一开始就无法再更改，而她的心，也早已在不知不觉中只装的下玄溟一人……

【梦三生】系列之《妖骨》

晚乔 / 著

标签：忘记身份的少女 / 情深孤高的尊者

内容简介：

　　阮笙长了十七年，直到遇到一个自称秦萧的人，终于看清了自己多年的梦。梦中爱慕的因敛尊者，却因她识魄碎裂，灵窍四散。

　　阮笙不甘心，为救回他不惜毁天灭地。但没有想到，捏出的诀术会在自己死后失效。

　　恢复记忆的因敛终于明白了他们的前缘，从天帝那里得到她的元身——已经碎裂的瓷瓶。

　　耗费千年将它复原，送她进入轮回，并脱去仙籍，陪她转世。

　　再遇，终于可以实现从前那句诺言。

　　生前岁岁相伴，死后共葬荒丘。

【梦三生】系列之《彼时花胜雪》
九歌 / 著

标签： 腹黑女刺客 / 高冷内敛浊世公子 / 风流放荡的继任者

内容简介：

为保护孪生姐姐，叶蔓接受了公子瑾的诱惑，进入了"桃花杀"，改名蔓珠。

传说每个进入桃花杀的少女都将抛弃自己原本的姓名，以花为名，花名喻此一生。

从天真烂漫少女变作杀伐果断刺客，她是为了复仇不择手段的刽子手，是不动声色的暗桩，是无力自救的弃子……

她以为公子瑾是遥不可及的那个希望，却不想他一直都在自己身边。

世间多少聚散离合，所幸，我们终究等到了再次重逢。

【梦三生】系列之《深宅纪事》
姜辜 / 著

标签： 身负秘密的绝色神医 / 逗萌执念师爷 / 深宅病公子

内容简介：

他是归来的绝色神医房尉，也是已死的裴家大公子裴琛聿。

三年前，一场平静的毒杀让他命断深宅。

三年后，化身神医的他打入裴宅的内部，逼近那日夜折磨着他的真相和牵挂。

师爷闻人晚为何如此在意三年前那桩被称为"奇案"的毒杀案！

倾国倾城的二夫人为何宁愿自己疼爱的儿子扶苏变成阴暗的病骨！

英俊忠诚的随从杜叶为何会突然失声！

容貌丑陋的婢女桃夭为何放弃出府机会！

情丝缠绕，恩怨难绝，红颜不老，滴泪成血……

【梦三生】系列之《盗尽君心》
打伞的蘑菇 / 著

标签： 调皮小女贼 / 放浪微服太子 / 深情俊美将军 / 忠犬神偷教主

内容简介：

江北小女贼林隐蹊，本想小偷小盗快意江湖，不料失手偷上微服的太子。好不容易逃出来，却得知要代姐姐出嫁。

一段江湖事，搅乱风月情。

到底是放浪不羁的微服太子，还是深情缱绻的镇疆将军，又或者是默默守护的神偷教主？

小女贼无意盗尽风月，却串起他们的爱恨情仇，而她想偷的，究竟又是谁的心？

【梦三生】系列之《桃药无双》
果子久 / 著

标签： 花痴的解蛊门传人少女 / 傲娇温柔的飞霜门门主

内容简介：

生来能以血解蛊的解蛊门菜鸟传人明没药，眼馋美男符桃的美色下山历练，本想谈谈轻松恋爱，却谁知一路遇到离奇事件……

刚下山，就遇上了员外家的妻妾们堵城。

温柔小姐似乎中毒沉睡不醒，郊外遭遇惊险有人被埋。

失足掉入幻境迷城，却引发了暗黑美人城主与柔弱妹妹间的纠葛。

一个宁可背负刻骨仇恨也要囚她入怀，一个宁可灰飞烟灭神形俱散也要了却孽缘……

黑暗的山洞里，白骨森森，痴情的师姐，埋葬了自己的爱情。

能否逃出生天，安慰亡灵，决定没药与符桃，能否走到最后……

目录

楔子
-001-

卷一：人间微醉
-003-

卷二：此间少年
-120-

卷三：君心我心
-182-

尾声
-216-

番外一：何以断相思？
-222-

番外二：再亲我一下
-232-

番外三：一个十分有爱的相性若干问
-236-

QIANSHAN
ZHIDAI
NI

※楔子※

屋外又开始下雪，扑簌簌落了一地。

阿雪蹬着暖烘烘的小皮靴轻手轻脚地走至窗前，想要开窗，踮起脚却怎么都够不着。

她气鼓鼓地嘟起一张白嫩的包子脸，又努力让自己踮得更高一些，短胳膊也竭力伸得更长，然而无论如何都隔了些距离。

在她准备就此放弃的时候，身后忽而传来细微的声响，她尚未完全侧过身去，头顶的窗便"咔"的一声被人推开。铜铃"叮当"响，夹着清浅梨花香的风霎时涌来，纷纷钻入鼻腔。

"好香呀。"阿雪惬意地闭上眼，向后一仰，直挺挺地倒入一个满是梨花香的怀抱，复又睁开眼，弯成了月牙儿的形状，像只软绵的猫般在那人颈间蹭蹭，"微醺，我要看雪，你抱我起来好不好？"

回应她的是一道隐隐带着笑意，却又佯装微愠的低沉男声："又不乖，乱叫我名字。"

　　阿雪不满地哼哼唧唧："反正长大就要嫁给你的，叫声名字又怎么了？"

　　微醺几乎就要失笑出声，在她毛茸茸的脑袋上揉了揉，声音又轻了几分："这都是谁告诉你的？"

　　阿雪嘟着嘴躲开微醺的手，一副理直气壮的模样："可是大家都这么说的，等我长大了，你就会娶我！"

　　对此，微醺只觉头疼，突然不知该如何与她解释，只得接着问："那你为什么要嫁给我？"

　　"因为……"阿雪很是认真地思考了一番，"因为，我喜欢你，想一直与你在一起，永世不分离呀！"

　　"因为，我喜欢你，想一直与你在一起，永世不分离呀！"

　　少女特有的清甜嗓音被寒风卷去，余音袅袅，绕着窗外那株参天梨树久久未曾散去。

　　很久很久以后，微醺低沉的嗓音方才响起："真是个傻姑娘……"

卷一：人间微醉

·第一章·

树不要脸必死无疑，人不要脸天下无敌，
我的目标正是无敌于天下。

谷雨时节的牡丹开得最是繁盛，每逢此时，爱极了牡丹的洛城人皆会驱车前往西郊烟台山上赏牡丹。

烟台山山势平缓，既无山贼、莽匪，亦无大型猛兽，又有先皇种下的万顷牡丹，自是洛城人赏牡丹的最佳去处。

和往年不同，一向视赏花为赶场子、下山最为急切的栖梧坡林家竟磨蹭到天黑都未归城。洛城即大周帝都，宵禁自然也比寻常城池实施得更严厉，若无上头的指令，任谁也不得夜闯宵禁。

眼下林归晚却再也顾不得这么多，语气不甚和善地对不停在催促的小王爷说："寻不到家弟，归晚又岂能安心离开？小王爷不若先回去？"

小王爷本还想继续赖下去，奈何他身边的小厮一直在朝他使眼色。今儿个他若是再夜不归宿，恐怕得叫他亲爹洛阳王给打断腿。

美人尚可慢慢撩，腿断了那可就是真断了，孰轻孰重，一目了然不是吗?

不想被打断腿的小王爷一番深思熟虑之后,最终留下近一半人马给林归晚,自个儿则一步三回头地下山了。

没有小王爷在此束手束脚,林归晚倒是搜寻得越发顺畅起来,不多时便找到林听笙遗漏的香包。

这边的搜索行动正如火如荼地进行着,半个时辰前,山坳低洼处某深潭边……

着一袭蓝衣的林听笙才钓上一尾肥鳜鱼,准备收竿与自家阿姐会合,却看见原本碧沉沉的潭水忽而散开一缕缕血絮,不过须臾,便染红整片清潭。

林听笙手中动作一顿,忍不住朝水面张望,这一眼仿佛瞧见个狰狞的硕大蛇头猛地自潭底破水而来……

戌时一过,天已完全黑透,依旧不见林听笙人影,向来镇定的林归晚急得眼圈发红,只能让家丁与小王爷留下的那些人举着火把一遍又一遍地在山上搜寻。

直至子时三刻。

心力交瘁的林归晚刚要上马车小憩,何管家便火急火燎地冲了过来。

兴许是因为一路跑得太急,他说话着实喘得厉害:"大……大……大小姐,小少爷回来了!回来了!"

随着何管家的话音落下,周遭便传来一阵轻微的脚步声。

本欲提裙上马车的林归晚动作一顿，她下意识地撇头望去，这一眼只见小小的蓝衣少年背着个浑身浴血的女子缓步而来。

林归晚自幼失去双亲，一手创下"柔云阁"，胆识与魄力都非寻常女子可比，纵然如此，她在见到自家阿弟现身的那一刻，都不禁心头一颤。

愣了许久，她方才缓过神来，竟是忘了第一时间询问自家阿弟究竟去了哪儿："阿弟，你这背的是……"

少年似有些困惑，微微侧首瞥了眼趴在自己肩上的女子，最终还是如实道："我不知道她是谁……"稍作停顿，他又补了句，"不过，她是我的救命恩人！若不是她，我恐怕早就被那条突然从潭水里冒出的巨蛇给吃了！"

林归晚的脸色变了又变，视线先在自家阿弟脸上游走一圈，确信他不曾说谎后，又将目光移至那个神秘女子身上。

女子穿了身已然快要辨不出原本颜色的冰蓝色广袖衣裙，即便已被血染透，却依然能瞧出是顶好的布料。她脸上也沾了不少血迹，但还是能辨出她姣好的容貌，用惊为天人来形容也不为过。除却她那一身骇人的血迹，最令人感到不解的是，她手中紧紧握了根中指粗细的枯木，枯木通体乌黑，让人辨不出究竟是何木材，只不过被她这般紧握在手上，想必不会是根普通的木头吧。

越是如此，越令林归晚心生疑惑，她不动声色地收回目光，又道出两个字："巨蛇？"

"可不是！"林听笙仿佛依然心有余悸，回想起来的时候脸色都微微泛着白,"腰身起码有你屋前养睡莲的那口缸粗!"

林听笙说到此处便被打断,林归晚垂下眼帘,缓缓说道:"好了,接下来的事上了马车再与我细说。"

语罢,她又抬眸扫视何管家一眼:"小少爷回来的事,有多少人知道?"

何管家诚惶诚恐,连忙说道:"此事只有老奴一人知晓,大伙儿都忙了一整天,沾地便睡了个呼噜声震天,唯有老奴一人守夜。"

林归晚这才满意地点点头:"很好,这件事不要再让第四个人知道。"

……

谷雨时节过去已两月有余,没有人知道林府禁地橘园凭空多出了一个神秘美人。

阳光微灼,半掩在锦簇花团间的八角凉亭外的层层素纱随风轻扬,影影绰绰露出凉亭内两道纤细身影。

林归晚十指纤纤,搭在琴弦上有一下没一下地拨弄着,坐于她身侧的蓝衣女子却一副生无可恋的模样,目光呆滞地趴在石桌上发呆。

蓝衣女子生了副顶好的皮囊,即便动作如此不雅,还时不时翻着死鱼眼,都难掩其倾城之貌,她正是两个多月前被带回林家的那神秘美人。

也不知过了多久,美人才强行打起精神,懒懒散散地道:"真不懂你们为何要将一件简单的事弄得如此麻烦,不想嫁,杀了他便是。"

"他不能死,我留他还有用。"林归晚终于停止拨弄琴弦,幽幽叹了口气，"这件事并非你想的那样简单。"

说到此处，她不禁撇过头去，殷切地望着美人，却是欲语还休，有话不挑明了说，只唤着那美人的名字："阿雪……"

经过两个多月的相处，林归晚大抵摸清了阿雪的性子，聪明如她，自是知道该如何与阿雪相处。

阿雪见之并无任何表示，只似笑非笑道："我与你未必很熟，为何要帮你这个忙？"

林归晚也不见外，嘴角仍挂着刻意讨好的笑意："前日我又从他那儿替你搜刮来一枝百年血参，虽不是什么灵丹妙药，对你的伤总归有些好处。"

林归晚早在阿雪出现的那日便猜出阿雪并非凡人，即便如此，她仍瞒着所有人将阿雪藏在橘园养伤，动机自然不纯。

而今阿雪与这个凡人女子林归晚为互惠互利的关系，林归晚四处为阿雪搜罗药材，阿雪则需利用自己的优势去替林归晚做些寻常人做不来的事。

百年血参虽起不到多大作用，却也聊胜于无。权衡片刻，阿雪便嫣然一笑："瞧你可怜，我就勉为其难地答应吧。"顿了顿，她又乐呵呵地续上一句，"那血参记得叫人熬好送过来，我不喜喝药，需备些蜜饯。"

林归晚和阿雪口中的那个他，乃是洛阳王最为宠爱的幺子。

半年前上元节灯会中的惊鸿一瞥，小王爷对林归晚一见倾心，而后便是死缠烂打，几度扬言定要纳林归晚为侧妃。

向来心高气傲的林归晚又怎看得上这种纨绔子弟，更何况还是做他的侧妃。

奈何当今天子极为看重洛阳王这个胞弟，爱屋及乌，连同洛阳王那个不成气候的幺子也一并看重了去。

大周并无嫡长子继承制一说，不出意外，那小王爷是坐定了洛阳王世子之位。

林归晚再厉害也不过是个商家小姐，旁人看来得到小王爷垂怜还是林归晚高攀了。

碍于自己和小王爷的身份差距，林归晚只得咽下心中的愤恨和不忿，整日对小王爷笑脸相迎。

直到两月前阿雪的出现，林归晚才想出一计来解这燃眉之急。

计划定在七月七，围观者最多的乞巧女儿节。

大周向来兴乞巧节，每逢七月七各地都会组织七姐会，在七姐庙中摆下各式各样的香案，遥祭七姐织女。

七姐会中的香案皆为色彩艳丽的彩纸所糊，案上摆满鲜艳的花束、新摘的水果、雕工精致的脂粉盒，以及巧夺天工的袖珍花衣裳、绣花鞋等物什。

斋戒沐浴后的少女们分别站在香案前焚香祭拜七姐，待少女们纷纷默祷完心愿，便开始玩乞巧游戏。

乞巧游戏分为两种：一为卜巧，二为赛巧。

洛城时兴赛巧游戏，祭拜完七姐的少女们稍休憩片刻，即开始斗巧。

阿雪此番便是要在中间休憩的半个时辰内，完成林归晚所嘱之事。

时间转眼即逝，眨眼已是七月七。

是夜，阿雪孤身端坐在屋顶，静静俯瞰脚下的盛世繁华。

晚风轻拂，带着若有似无的甜腻脂粉香缭绕在鼻尖，想来那些官宦小姐都已开始入场。

阿雪不经意地低头望去，这一眼恰好瞥见个环翠满头的华服少女。

少女约莫豆蔻年华，尖巧的下巴微抬，黛眉高挑，正是符合她高贵出身的肆意与张扬。

阿雪饶有兴致地盯着那少女看了半晌，终于弯起嘴角，扯出一抹不怀好意的笑。

竟这般轻易就找到了今晚的目标苏如是，当真是得来全不费工夫！

苏如是乃镇国公苏毅的独女，亦是当今皇后的亲侄女，更是大周太子妃的不二人选。拥有高贵血统与美丽容颜的天之骄女本该艳压群芳、冠绝洛城，奈何出了个身份卑微的林归晚来与她竞争。

苏如是心中那个恨哪！

一个卑微的商家小姐凭什么和自己并誉"洛城双姝"，就连平日里对自己不苟言笑的焕哥哥也对她青睐有加，苏如是更是气得几乎要咬碎一口银牙。

"你怎么不与阿姐她们一起参加七姐会?"

突如其来的声音打断阿雪在心中酝酿坏主意的思绪,阿雪没好气地回头望了一眼,只见身后月色清浅,堪堪勾勒出少年略显阴柔的轮廓,清隽的眉眼则朦胧在一片溶溶月光下。

对于这个被林归晚宠上了天的弟弟林听笙,阿雪还是颇有好感的。

毕竟谁都不会讨厌水嫩青葱人又甜的少年郎不是。

阿雪强行压下被人打断思路的不悦,扯了扯嘴角,左颊处现出一个浅浅的酒窝,却一点也不可爱,笑得像个拐卖小孩的人牙子似的:"小孩子家家可别学我乱爬人家屋顶,万一摔坏了这张如花似玉的小脸蛋该找谁赔去。"

少年对阿雪赤裸裸的调戏充耳不闻,坐在屋顶上该干吗就干吗,一副任凭风吹和雨打,我自岿然不动的老僧入定模式。

阿雪虽也乐意陪这孩子玩,可她今日终究是来执行任务的,更何况这等事还颇有些龌龊,又岂能让林听笙这等青葱少年知晓?于是,她挑了挑眉,一双水光潋滟的桃花眼含笑望向少年,拉下老脸,毫无节操地调戏他:"小郎君莫不是拜倒在姐姐我的绝世容颜下了,不然怎这般舍不得姐姐我?"而后,她便双手抚胸,仰头望月,面有戚戚然,端的是西子捧心的柔弱模样,"只怪我生得太美貌,唉,万般皆是命,半点不由人。"

林听笙不禁抽了抽嘴角，甚是嫌弃地拿眼角瞄阿雪："见过脸皮厚的，就没见过像你这般不要脸的。"

　　阿雪调整坐姿，丝毫不介意少年射过来的眼角飞刀，十分泰然："树不要脸必死无疑，人不要脸天下无敌，我的目标正是无敌于天下。"

　　"……"林听笙举头望天，久久不能言语。

第二章

女人嘛，柔柔弱弱才惹人怜。

烟花随着一声声刺耳的爆破声冲上天际，然后，绽开一朵朵绚丽的火花，照亮整个夜空。

当最后一朵火花消失在夜色中，阿雪才慢悠悠地转过身，伸出一根葱白的手指，戳了戳犹自望天的少年，笑得眉眼弯弯，像只坏心眼的狐狸："小听笙乖，听姐姐的话赶紧回家吃糖去，莫要妨碍姐姐做事。"

林听笙正欲一巴掌拍开阿雪在他脸上乱戳的手指，可下一刻阿雪的身体就像三月里纷飞的柳絮般散开。他下意识地伸手去抓，却什么都没抓到，好似之前的一切都是幻觉，那个巧笑倩兮的蓝衣女子从未存在过一般。

隐去身形的阿雪早已混入人声鼎沸的喧哗街道，漫无目的地随着人群往前走。

烟花落尽后便是焚香祭七姐，七姐庙不是任何女子都能进的地方。

此时，那些衣着华丽的官家小姐和为数不多的商家小姐正莲步轻移、仪态万千地走进七姐庙。

七姐庙只有未出阁的女子能进，即便是身份尊贵的小王爷也只能在门外观看。

值得庆幸的是，七姐庙外的朱漆大门够宽够高，大大方便那群堵住大门观看的贵胄子弟。

阿雪赶到七姐庙时，首先看到的便是这番场景——

遮天蔽日的各式华盖挡住了视线，蜀锦帐帷轻轻地在夜风中摆动，庙外光鲜亮丽的公子哥们饮酒高谈庙中美人。

她的视线最终牢牢黏在一个衣着最为华贵、不过弱冠之年的男子身上。

旋即，她不禁扬起嘴角，又是邪肆一笑。

此男正是阿雪今晚的另一个目标，也就是那位对林归晚死缠烂打的小王爷。

庙中司仪还在念晦涩难懂的祭文，庙外依旧嘈杂，唯有几个细心的世家子弟发现，小王爷身旁多出了个蓝衣婢女。

那婢女衣着考究，虽看不出是哪个府上的，却能确定她绝非洛阳王府之人。

蓝衣婢女正是阿雪所扮，她先是躬身朝小王爷盈盈一拜，随后自袖中掏出一封信笺，刻意拖延了递信笺的过程，眼神若有所指地瞟向七姐庙中。

小王爷心领神会，笑吟吟地望向七姐庙中双手合十的林归晚。

七姐庙中，端庄跪坐在蒲团上的林归晚好似感受到小王爷那灼人的目光，抬起眼帘偷偷朝小王爷所在的方位瞄上一眼。这一眼可是相当的讲究，不偏不倚恰好对上了小王爷的目光，而后，她便粉面含羞，连忙低下头，向七姐默诵心愿。

有了这么一茬，小王爷简直笑得见牙不见眼。

阿雪见误会已造成，也不再逗留，连忙行礼告退。

她才刚刚转身离开，小王爷便猴急地取出信纸。

璀璨烛光映着发黄纸张，只见纸面用簪花小楷写了短短一行字：

钟声三点，西苑月湖畔见。

小王爷本就是个不求上进的草包，脑子里除了美色与酒肉再也装不下其他，又岂记得住林归晚平日里最爱行书，而与他青梅竹马的苏如是则写得一手清婉瘦洁的簪花小楷。

鼓楼大钟敲响三声后，庙中少女们便可休憩半个时辰，为后面的斗巧做准备。

西苑乃是诸位小姐临时休憩的地方，月湖畔则是西苑最为偏远的地方，晚上阴气逼人，寻常人绝不会想不通跑去那儿夜游。当然，那些要行苟且之事者除外，正所谓是月黑风高夜，偷情好时节。

鼓楼钟声响至三遍时，庙中丽人皆起身离席。

林归晚性子讨喜，甫一离席便被几个少女缠上，换作平日，她虽会笑脸迎之，心中却是极其不屑与这些不谙世事的官家小姐周旋，今日倒是个例外，连带着笑容都多了几分真挚。

　　苏如是性子高傲，向来讨厌那群死缠着她套近乎的"好姐妹"，钟声刚响起就领着几个贴身婢女大步离去。

　　早有准备的阿雪则堵在无人驻守的小道上等待苏如是送上门来。

　　看着苏如是逐渐走近的身影，阿雪不由得心生感慨：一是感慨林归晚心思之缜密，竟真算到苏如是会走这条小道；二则是感慨这个苏如是倒是胆大，为了避开那些官家小姐的纠缠，竟敢走这条荒无人烟的曲折小路。

　　阿雪犹自低头沉思着，远处突然爆出一声娇斥："你是何人？！"

　　苏如是不愧是武将之女，阴森的竹林中突然冒出一个可疑的女子也不胆怯，直接抽出缠在腰间的软剑，舞出一个漂亮的剑花直指阿雪。

　　阿雪渐渐收回心神，朝那苏如是遥遥一拜："奴家奉命前来迎接苏小姐。"说到此处，她又敛眉露出一抹摄人心魄的笑，"就是不知小姐敢不敢随奴家一同前往？"

　　苏如是又不傻，自然不会轻易相信陌生人所说之话。

　　阿雪却笑得越发妖娆，一步一步朝苏如是逼近："莫非你不想压倒那个出身卑贱的林归晚？莫非你愿意嫁给那个短命太子？莫非你愿意看着林归晚风风光光地嫁给你自小爱慕的焕哥哥？"

　　"焕哥哥"便是小王爷姬焕，正因姬焕对林归晚的另眼相待，向来自负的苏如是才会这般看林归晚不顺眼。

心思玲珑如林归晚又怎会看不出苏如是对姬焕的心思，奈何落花有意流水无情，加上苏如是也是个不争气的，闹来闹去也没能让姬焕发觉她的痴心，反倒是让姬焕越发厌恶她。

听到"焕哥哥"三个字，苏如是原本迷茫的双眸骤然变亮，她一脸警惕地望着阿雪："你到底是何人？怎知道我……"

阿雪继续靠近苏如是，伸手捧着她的脸，目光柔得能沁出水："若不是林归晚，焕哥哥早就是你的了，跟我走，我带你去见焕哥哥可好？"

"你这妖精想迷惑我家小姐，我跟你拼了！"苏如是身后的婢女再也按捺不住，举着佩剑就要往阿雪身上刺。

"给我闭嘴！"阿雪眸中一片暗红翻滚，藏在眼底的杀气隐现。

她这般发怒不仅是因为那些婢女多事，更多的是为自己的实力消退而恼怒。她何时落到这般田地，对个毫无法力的凡人女子施摄魂术都要花这么长的时间。

这般没用，还谈何复活养魂木中的那缕残魂！

这时，那些婢女才发现阿雪的瞳色是接近黑色的暗红，由此，越发肯定阿雪是个蛊惑人心的妖精，她们吓得全身瑟瑟发抖，就连手中的剑也要握不住。

敛去眼中杀气，阿雪压制住心中怒气，继续对苏如是循循诱导："苏苏跟我走可好，我们去找焕哥哥……"

"去找焕哥哥。"苏如是木讷地重复着阿雪的话，整个人魔怔了似的。

阿雪用眼角余光扫过那几个婢女，柔声问苏如是："若有人妨碍你找焕哥哥，当如何？"

"杀！"

"很好。"阿雪回首，挑眉望向那几个满脸惶恐的婢女，"西苑月湖畔，领着你们家主人去找姬焕，莫要起不该有的心思！"

阿雪心中自有一番思量，她若此时杀了这几个姑娘，定会有人发觉个中蹊跷，为了避免不必要的麻烦，她一定不能自己动手杀这几个婢女。

整治完婢女，阿雪又侧目含笑望着苏如是，凭空拈出一包药粉和一壶美酒，摊开油纸，将药粉倒入酒壶中轻轻晃动，润泽粉唇轻启："惹意牵裙散，与君缠绵至天明……"

鼓楼钟声再次响起时，座无虚席的七姐庙中唯独少了苏如是的身影。

苏如是身份独特，她未到席，庙中之人也不敢撤下她。

而今，唯有一字，等。

时间一点一点流逝，庙中七姐雕像前的香已燃去大半，却依旧不见苏如是到来。而庙外，小王爷姬焕空空如也的座位也终是引起众人的注意。

夜风轻缓，柔柔扫过阿雪的脸颊，她单手托腮，坐在先前乘凉的屋顶上，颇有兴致地看着地面举着火把四处寻人的黑衣侍卫。

林听笙则坐在一旁，神色复杂地盯着阿雪。

林听笙一直都不曾离开屋顶让阿雪很是意外，她却也只是无所谓地挑了挑眉，托着腮帮子看热闹。

　　只是……这个小屁孩到底什么意思，干吗老盯着她看？！

　　是可忍孰不可忍，阿雪终是憋不住，阴恻恻地开口："你阿姐没告诉过你，直勾勾地盯着一个未出阁的女子看是登徒子的行为吗？"

　　林听笙的反应出乎阿雪的意料，他面上看上去显得十分严肃，竟开门见山地道："苏家小姐和小王爷失踪是阿姐叫你做的吧？"

　　阿雪面色微僵，一息后方才恢复正常，既不否决也不承认，只浅笑着道："怎么，你想说什么？"

　　林听笙捏着拳思量一番才道："阿姐不是坏人，她让你做这些定有她的苦衷。"

　　弄了半天是要说这个，阿雪突然没了兴致："我倒不知这世上竟有什么好坏之分。"她依旧垂着眼帘，看着地面上蝼蚁般乱跑的人，说得十分随意，"况且我只是以此来换取我所需，你阿姐即便是坏得黑了心肝又与我何干？"

　　林听笙张了张嘴，还想说些什么，却发现自己说不出任何辩驳的话来。

　　阿雪和林听笙说话间，地面上的火把已然汇成一条火龙，正蜿蜒着向西苑的方向涌去。

　　这是发现奸情了！

原本兴致缺缺的阿雪又兴奋起来,直接抛下林听笙,起身,极目远眺。

弯弯的月牙儿高高悬在如墨天际,月色如水,薄雾般的柔辉覆盖整片大地,就连人的衣角都染上少许银霜。

柳树下捏着衣角极力忍耐的男子正是小王爷姬焕。

此时的他衣裳凌乱,束发的玉冠早就不知滚到何处,三千青丝贴着玉白的脸颊散落在肩头,不经意间望去,竟有几分女子的阴柔。

他在此处苦等许久都不见林归晚的身影,最后竟是等来了苏如是这个讨人嫌的死丫头。

他虽草包,却没蠢到猪一样的地步,先前不过是被美色迷昏了头,随后仔细回想一番,便发觉不对劲。那张信纸虽未署名,却是用苏如是最喜的簪花小楷所写,传信的婢女也未说明传信的是何人,只是往庙中看了一眼,他自作聪明地认为是归晚遣人送的信,恰好那时归晚又朝他望了一眼,他便更加笃定信是归晚所写。

这时,他若还不知道自己被人下了套就真成了傻子,归晚柔弱善良,绝不会有这般深沉的心思,定是苏如是那个讨厌的女人设的计!

思及此,他阴沉着脸,甩袖欲走。

只是,他刚转身就被人扯住衣袖,回眸正好对上苏如是哭得梨花带雨的脸。他从未想过那个嚣张讨人厌的丫头也能这般软弱可怜,心一软就喝下了她递来的"赔罪酒"。

谁知她竟这般不要脸,在酒里掺了那种东西⋯⋯

"怎么,恨上我了?"苏如是拨开遮住眼的额发,高扬着头颅,一如既往的倨傲,"生米已煮成熟饭,你再恨也得娶我!"

"你这么肯定我会娶你?"姬焕狠狠捏着苏如是的下巴,力道之大,像是想捏碎她的下颌。

然而,即便他这般用力,苏如是的脸上都未显露出半丝疼痛的表情。

小王爷眉头微皱,一脸厌恶地推开苏如是,从小到大他最憎恶的便是这种倔强好胜的女子。他的目光在围住他和苏如是的人群中扫过,最终定在双目含泪、一副楚楚之姿的林归晚身上,又不禁心中一软。

女人嘛,柔柔弱弱才惹人怜。

·第三章·

> 那人却像是有意在等阿雪,纤纤素手捏着一枝白芍,笑得正妖娆。

听到姬焕和苏如是大婚这个消息已是七日之后。

正如林归晚所猜测,苏如是性子倔,即便知道自己被人算计了也不屑去解释,更何况她完全找不到证据来证明自己的清白。

那几个见过阿雪的婢女在七夕当日就已神志不清,就连阿雪给苏如是的那包惹意牵裙散也是托苏府丫鬟之手买来的。加上镇国公视这个女儿为掌上珠、心头肉,哪怕是一点点委屈他都不愿让自己的心肝女儿去承受。莫说苏如是已失身,即便她还是完璧之躯,执意要嫁姬焕,就算是得罪圣上他也照办不误。

林归晚这计谋算不上天衣无缝,却也因阿雪的存在叫人找不到破绽。

至于苏如是会不会怀疑到林归晚身上……那完全是瞎操心,包括姬焕在内,没有人觉得一个可以攀附着小王爷飞上枝头的商家女会这般想不开,把能改变自己命运的男人推给自己的死对头。

毕竟洛城双姝不和早是众所皆知之事。

一切都在预料之中，镇国公权势滔天，纵使姬焕千般不情愿都得娶苏如是。

苏如是有多爱姬焕就有多恨林归晚，无论如何她都不会让林归晚踏进洛阳王府。姬焕则认为自己负了林归晚，又因求而不得，反倒对林归晚越发好，一心只想着补偿。

阿雪本以为林归晚的目的不过尔尔，直到她见了那个丰神如玉的男子才明白，事情并非这般简单。

那是个阳光明媚的午后，碧波荡漾的池水间芙蕖开得正好，纤弱的花枝弱柳扶风般在夹带着热气的夏风中摇曳，悠悠然吞吐出满园馨香。

阿雪则依旧半死不活地歪在八角凉亭中乘凉。

七月里的阳光甚是灼热，却被八角凉亭外层层叠叠的数重轻纱削弱几分热度，不见燥热，只余几缕冲破封锁的阳光斜斜投落，恰好洒在阿雪身上，晒得她上眼皮黏下眼皮，分不清今夕是何夕。

枕着软绵靠垫将至昏昏欲睡之际，阿雪恍惚听到一个陌生男子的声音。

橘园乃是林家禁地，那些见不得光的勾当大都在这里进行，故而此处长年清静得很，鲜出现不相干之人。

橘园布局极为简洁，随便站一处地方都可将园中之景尽收眼底。没有多余的装饰，亦无过高的植被，甚至连楼阁都未设，偌大的园子里仅有两座凉亭：一个是离岸边甚远，位于荷花池间，而今正被阿雪所霸占的八角凉亭；另一个则是与八角凉亭隔了半个池子几里地之外的玲珑小亭，小亭入口处高悬蓝底金边匾额，上书曰——听风。

听风亭依山而立，所处之地叫人望而生怯，从远处看去，好似危挂于峭壁之上，又有一条弧形瀑布绕在其间，震耳的滔滔流水声不仅能掩住亭中之人的说话声，还能阻隔视线。当真是个偷鸡摸狗、商讨坏事的好去处！

橘园一览无余的景色不仅方便了园中身着劲装的侍卫们巡逻，更是方便了阿雪这个长年寻不到路的路痴，更何况此处还难得的清静。是以，阿雪死活赖在此处，不肯出去。林归晚奈何不了她，只得遂她心意。

常在河边走哪有不湿鞋，长时间赖在所谓的禁地，阿雪岂能不撞破些秘密？

阿雪性子懒散，对什么都是一副兴致缺缺的样子，按理来说她没这个工夫去打探人家的秘密。只是平淡如水的日子早已经让她乏味，总而言之，她今日是一反常态地想找些乐子。

她选了个视线极佳的位置，趴在八角凉亭的木质栏杆上，透过纱帐间的缝隙遥遥望去⋯⋯

"公子所料极是，姬焕才和苏如是成亲，那皇帝就坐不住了。"林归晚一袭茜色对襟齐胸襦裙，头上斜斜绾了偏髻，云脚累丝珠钗饰于其间，向来不施粉黛的素脸薄薄涂了些胭脂，较之往日多了几分小女儿家的娇艳,显然是精心装扮过。

"皇帝虽信任洛阳王,却还是有所顾虑,毕竟镇国公手掌大权,权势滔天。"被林归晚唤作公子的男子竟是凡间少有的好看模样,他声线温润,和着滔滔流水声,有着清泉溅玉的绝妙质感。

"那我们下一步该如何?"林归晚扬唇望着男子,不似往日那个嘴角弯起的弧度都精心设计过的笑容,脸上的笑意渗入了眼底,仿佛眼角眉梢都要为那男子绽放。

男子神色淡然,丝毫不为林归晚眸中的艳色所动,启唇道:"按兵不动,然后……静观其变。"

之后的内容阿雪不再关注,她习惯性地轻抚着那截枯枝,神色不明。古往今来陷入权势纠纷的女子又有几个落了个好结局。

只愿他会是你的良人!

作为一只好吃懒做、两耳不闻窗外事的妖,阿雪自是不知镇国公与洛阳王结亲后朝堂上是怎样一番风云巨变,可即便是知道了,她也没闲心和能力去多管闲事。

至于那个被林归晚唤为公子的男子,阿雪也只当他是个夺权的弄臣。接下来的日子自当该怎么过就怎么过。

至于林归晚,除却她主动现身,阿雪硬是连着半年都不曾与她偶遇过。

倒是她的弟弟林听笙经常缠着阿雪,吃饭晒太阳之余,撒开脚丫子带着阿雪把洛城逛了个遍。

时间就这么不咸不淡地流逝着。

阿雪从未想过这样一直平淡地过下去，却也没料到变故来得这般快。

那日碎雪纷飞，莹白绒花扫落在阿雪发间，她正捧着一杯热腾腾的姜茶，眯着眼靠在雕花栏上赏雪。

林听笙怀中抱着一团用油纸裹住的物什，踏着寸许深的白雪，一路兴冲冲地跑来。半年的时间，林听笙又长高了不少，脸上的稚气也褪去大半，一袭雪白的狐裘套在身上，望着颇有几分华贵之感。

"小鬼，你又弄来了什么好东西？"阿雪眉开眼笑，丢下手中瓷杯，张开五指就往林听笙怀中捞东西。

"现在还热乎着，赶紧剥开吃吧。"怕阿雪这孤陋寡闻的老妖怪不识此物，林听笙笑着解释，"这个名叫番薯，是西域进献的贡品。"

原来是这个呀，阿雪有些失望，却还是乐滋滋地剥皮开吃。

林听笙满足地看着阿雪小口啃食番薯，待到她慢吞吞地吃完一个，才把头凑过去，神神秘秘地道："你猜今天是什么日子？"

阿雪意犹未尽地舔了舔唇，又四处张望一番，瞪眼道："莫非是上元节？"

林听笙点头，笑得眉眼弯弯："我们今晚去赏花灯可好？"

阿雪看了看静躺在怀中的番薯，又看了看一脸期待之色的林听笙，无奈摊手："我能说不去吗？"

……

彩色灯笼高悬，映得整个洛城亮如白昼，街道两旁的小贩使劲扯着嗓子吆喝，奈何今夜赏灯之人着实多，吆喝声刚从嗓子眼里冒出就被喧哗之声所覆盖。

"大哥哥，买枝花赠给漂亮姐姐吧。"换上崭新花布棉裙的女孩好似一条滑溜溜的泥鳅，从人群中灵活地钻过来，扬起一张圆乎乎的小脸对林听笙道。

林听笙已满十三，这个年龄在凡间都可婚配了。况且他身量颇高，都已超过阿雪半个头，此时他与阿雪站在一起，倒像是一对出门赏灯的少年眷侣。

林听笙知道眼前的小姑娘误会他与阿雪的关系，却涨红着脸不说话，斜着眼偷瞄阿雪，只是阿雪脸上戴了个青面獠牙的罗刹面具，怎么瞅都瞅不到她脸上的表情。

上元节向来就有戴面具的习俗，街上戴着面具的少男少女大有人在，是以，阿雪戴着这么个怪异的面具倒也没引起他人的注目。她歪着脑袋看着小姑娘篮子里娇艳欲滴的芍药花，随手就抓了一大把，然后侧头望着林听笙，示意他付钱。

阿雪一介深山老妖，自是不知上元节上为何有人卖芍药。

正所谓"红男绿女佩香草，两情相悦赠芍药"。

林听笙见阿雪捧着自己掏钱买来的芍药，一副浑然不在意的模样，扯了扯阿雪的衣袖，闷闷道："你可知上元节赠芍药的寓意？"

果然，阿雪十分诚实地摇头："不知道。"

"芍药乃是情花。"林听笙的声音含混不清，好似在喉咙里打转。

阿雪又不笨，见林听笙这般说，自是明白其中之意。

见林听笙这副羞涩难当的模样，阿雪忍不住打趣："放心吧，我这年龄都够当你曾曾曾祖母了，才不会对你这种毛都未长齐的小破孩感兴趣。"

听到阿雪这番话，林听笙连忙拍了拍胸口，嘟囔道："那就好，那就好，我喜欢的可是温婉可人的姑娘。"

阿雪冷眼看着，并未说话，只是在面具后狠狠翻了个白眼。

林听笙心中一块巨石落地，嚷着让阿雪和他一起去猜灯谜。

阿雪不予理会，立在原地，淡淡道："你看我像是个有文化的吗？"

林听笙上下打量了阿雪一遍，点头道："的确不像。"

"那还叫我去猜灯谜。"

"没事儿。"林听笙贼兮兮一笑，"凑个人数也不错。"

林听笙看着头顶彩色灯笼，思绪万千。

阿雪望着脑袋上一张张写满蝇头小字的字条，哈欠连连。她对诗词歌赋一窍不通，即便是把那灯谜看出了花也猜不出谜底，无聊至极的她只得抻长脖子东张西望。

或许有些东西当真是冥冥之中早有注定，注定她会顺着那条看不见的线，一路走下去，所有的意外和巧合都是通往终点的路标。

很多很多年以后，她才明白，在强大命运的驱使之下，一切的努力都只是徒劳。

谁说我命由我不由天？

她正兴致勃勃张望着，突然在人群中看到一个快要被自己遗忘的鹅黄身影。

那些小心翼翼藏在心底的情绪猛然喷薄而出，她早已失去往日的淡然，急切地挤入人群，连法术都忘记使，只是凭着本能，朝着那个鹅黄身影所在的方向跑去。

她一个一个地扒开挡在身前的人，近乎癫狂地向前移动。

那人却像是有意在等阿雪，纤纤素手捏着一枝白芍，笑得正妖娆。

·第四章·

这么多年过去了,你还是这般无用,
又凭什么来补微醺的残魂?

　　当听笙猜出最后的谜底时,阿雪已然消失在长街尽头。

　　莲灯璀璨的护城河畔忽有一阵狂风吹来,卷得河中波涛汹涌,浪花"噗"的一声掀来,打散水面密密麻麻的殷红莲灯。

　　一路追随至此的阿雪满脸警惕地四处张望,此处已近城郊,鲜有人经过,除却水面上忽明忽暗的莲灯,无论望向何处都是一片漆黑幽暗。

　　等了近一炷香时间的阿雪终于按捺不住,不禁张嘴吼道:"既然现身了,就别躲躲藏藏,快给我滚出来!"

　　也不知究竟是阿雪的骂声起了作用,还是那人等的就是这一刻,骂声才落,护城河两畔光秃秃的柳枝突然如抽风一般地舞动起来。不过须臾,那黄衫女子便出现在阿雪眼前,面颊上依旧是那妖娆至极的笑:"别来无恙,少主。"

　　阿雪一声冷哼,丝毫不给那黄衫女子好脸色:"废话少说,你刻意将我引来此处，究竟有何目的？"

"目的？"黄衫女子似笑非笑地咀嚼着这两个字，忽而眼波一转，煞是哀伤的模样，"原来少主竟是这般揣测枯月。"

从前阿雪便是被枯月这副模样遮蔽双眼，以至于让整座琅琊山都因自己的天真而覆灭。而今再见枯月这副模样，阿雪只觉胃中一阵翻涌，没来由地生出厌恶，话都懒得再与她说，甩手便是一记杀招，只奔她面门而去。

枯月流露在表面的神色瞬间被敛去，转而一声冷笑："没了微醺替你撑腰，你也就这点能耐了吧。"

话音才落，她便已化解开阿雪的杀招。

阿雪尚未来得及躲避，枯月就已掠至身前，一手扼住阿雪脖子，一手朝阿雪胸前袭去，直接掏出那截一直被阿雪揣在胸前的漆黑枯木，唇畔溢出森冷笑意："这么多年过去了，你还是这般无用，又凭什么来补微醺的残魂？"

兴许是枯月真对阿雪起了杀心，扼住阿雪脖子的力道又加重了几分，笑容也越发阴郁诡谲。

换作从前，阿雪定然只能束手就擒，等待微醺前来营救。而今琅琊山已覆灭，微醺舍身救万妖，只余一缕残魂寄身养魂木中，如今的她所能依靠的唯有自己。

在枯月俯身的那一瞬间，阿雪嘴角竟微微扬起，绽出一朵诡谲且艳丽的笑。

枯月心脏猛地一收缩，直叹不好，却压根就来不及躲避，阿雪已然笑着在她胸口印上一掌。看似轻飘飘的一掌拍在枯月胸口，实际上掌中暗藏妖力，顷刻之间便击得枯月五脏错位，"哇"的一声喷出大口鲜血。

阿雪趁机抽出被枯月捏在手中的养魂木，岂知枯月宁死都不肯松手，两方较劲，养魂木竟"咔"的一声被折断。

阿雪几乎要气红了眼，枯月却止不住地仰头狂笑："天意如此，看你如何替微醺补魂，哈哈哈哈……"

气到几乎要吐血的阿雪，将妖力凝聚于掌心，正欲拍上枯月的天灵盖，身后便传来个清朗的少年声音："阿雪，你在做什么？"

就在阿雪分神的一瞬间，枯月突然挣脱桎梏，化作一缕轻烟逃窜。

此情此景不禁令阿雪有些懊恼，她尚未发作，林听笙就已走近，望着那缕轻烟飘散的方向，若有所思道："那个姐姐看起来甚是眼熟。"

阿雪肚里腾起的无明业火瞬间被浇灭，顿生警惕，林听笙却不再言语，沉思许久，终于面色倏然一变，并未做过多的解释，而是直接问："她可是你的仇家？"

阿雪方才虽真的在与枯月斗法，可这黑灯瞎火的，听笙又能看清什么？

可是被听笙这么一问，阿雪就疑惑了，她压根就没时间想出个所以然来，林听笙又用不容置疑的语气道："她若真的是你仇家，你便不必再回林家了，走得越快越好！"

从当初阿雪被带回林家到现在，有太多令人无法理解的疑点。譬如，林归晚其人城府这般深，又岂会涉险留下一个不知底细的妖？再想仔细些，她甚至在得知自己身份时都无过多惊异，仿佛一切都是理所当然。一个凡人，纵然城府再深，但在面对未可知的妖魔鬼神时都不该这样平静，更何况还胆大包天到主动与妖结盟。

可这一切若是建立在林归晚替枯月做事的基础上，所有不合理的疑点便统统能解释得清，甚至连枯月知道阿雪一直以来都将养魂木贴身放在胸前也能解释得清。

据听笙所说，阿雪昏迷了整整三日才醒来，在此期间，她的衣物皆被换洗，就连养魂木都被人从她掌心掏出放在枕边。

林归晚若真替枯月做事，那么阿雪所昏迷的那三日枯月指不定来探望过，她之所以没在那时候拿走养魂木，选择在阿雪伤养好大半的时刻出手也甚是符合她的性子。

枯月不会在阿雪痊愈之时出手，也不会在阿雪毫无抵抗力、全然不知的情况下出击，而今动手自然是最好时机，既有七成以上的胜算，又能酣畅淋漓地羞辱阿雪，岂不快哉？

阿雪不曾害怕枯月，仅仅是畏惧站在她身后的那个人罢了。

阿雪离开了，甚至连告别的心思都没有。

听笙望着阿雪消失的方向悠悠叹了口气。

这一生也不知何时还能再见。

听笙回到林府时正值亥时三刻。

银月高悬天际,花厅内灯火通明,不断跳跃的烛光映照在林归晚脸上,越发显得她神色莫名。

一路被何管家领来此处的听笙甫一入门便觉心跳漏了一拍,此刻的林归晚正低头拨弄着琉璃杯盏里的片片碧青茶叶。光是闻着茶香,听笙就能辨出是数月前大理国使者献给当今天子的贡茶,听闻这茶叶极其金贵,大理国使者统共也就带来了十斤,却足有一斤之多,落到了林归晚手中。

唯有贵宾来访,林归晚才舍得拿出此茶招待,而此时花厅内空空如也,唯有林归晚一人孤零零地坐在那儿品茶,此情此景,着实令人费解。

直至听笙落座,林归晚方才抬起头来,一开口却是道:"今晚怎么只有你一人回来?"

换作寻常,林归晚压根就不会关注听笙究竟是不是与阿雪一同回来。这话才落下,听笙便皱起了眉,神色冷峻地说:"阿雪已经离开了,再也不会回来了。"

最后几个字甚至还在他舌尖打转,林归晚便腾地起身,再也绷不住,面色大变:"你说什么?"

相比较林归晚的花容失色,听笙倒是一派从容淡定,嘴角一弯,扬起个嘲讽的弧度:"阿姐您为何这般紧张呢?"

林归晚微微仰头,双眼直视身高已然超越自己的听笙,面露愠色:"你究竟知道了什么,又对她说了什么?"

听笙却像是不曾听到她的话一般,嘴角依旧挂着那若有似无的讥讽笑意:"不论如何,她都是听笙的救命恩人,听笙无法眼睁睁地看着她被阿姐您算计。"

林归晚气极反笑,一巴掌甩在听笙脸上:"算计?嗬,你头上的簪、身上的衣、足下踩着的地,哪样不是我步步为营算计来的?"

听笙表情不变,倔强地站在原地,静静地望向林归晚:"我倒是情愿依旧待在那个小镇,夏日可采莲摸鱼,冬日与爹娘一同围着火炉灌腊肠……"

林归晚像是突然泄了气,变得不知该如何去接听笙的话。

一盏茶的工夫后,林归晚独自提灯抵达橘园。那座原本专属于阿雪的八角凉亭中赫然坐着个鹅黄衫裙的女子,正是险些丧命阿雪之手的枯月。

此时的她正借着月光,若有所思地盯着自己手中的半截养魂木,直至林归晚靠近八角凉亭方才掀起眼皮子。

枯月神色如常,并无半分凶煞之气,偏生就让穿得严严实实的林归晚打了个冷战,她忙不迭地俯身行礼,一迭声地说:"家弟尚且年幼,还望仙子莫要怪罪,莫要怪罪!"

枯月忽而弯唇一笑,眼神却冰冷:"你家阿弟可不是寻常人,我又岂敢去怪罪他?既然如此,不若由你来抵罪?唔,这次拿你那小情郎来开刀如何?"

　　林归晚面色顿时煞白一片……

·第五章·

"没办法，养鹤的妖太多，
一个个为了抢生意都是这副德行。"

一晃三年过去，一路向北而行、正欲赶往妖市的阿雪竟又遇到了故人。

刀光剑影中两方互相厮杀。

一群手持宽背大刀的灰衣人团团围住辆描金绘漆的马车。

马车主人所携带的家丁早已毙命，只余一个美貌的华服女子抱着昏迷不醒的锦衣少年坐在马车中与那群灰衣人对峙。

阿雪本不欲去管这等闲事，可当华服女子掀开马车外的帘幕时，她却改变了主意。

不为别的，只因马车内正是林氏姐弟。

阿雪随意一挥袖便把十几二十个精壮的男子扇出十米开外。

她径直走至林归晚身边，莞尔一笑："林姑娘别来无恙。"

林归晚一怔，许久方才缓过神来，却是立刻放下重伤昏迷的听笙，直接跳下马车，跪在泥地上，哭声凄切："妾身当年与那蝶妖合伙算计您，而今再无颜面与您谈条件，可我家阿笙对您一片真心哪，求求您救救我家阿笙吧！"

从未见过林归晚这副模样的阿雪不禁一愣，她半晌才出声："你倒是说说看，我该如何去救他？"

林归晚嘶声道："带他走！离开这里！"

这下，阿雪越发不明白："那你呢？"

"我……"林归晚仿佛有些难为情，嗫嚅半晌方才出声，"我自是得回去协助公子，即便是死，也该与他死在一块……"

不知怎的，阿雪脑袋里没来由地浮现出听风亭内那丰神如玉的男子。

林归晚的死活她管不了也不想去管，听笙这孩子倒是一直深得她心，这点忙于她而言也不过是举手之劳，便随口应下了。

听笙是在翌日正午时分醒来的，甫一睁开眼便盯着扎在头顶的彩缎发呆。

趴在两米开外圆桌上、正吃着糕点的阿雪轻飘飘地朝床上瞟了一眼，懒洋洋地问："你渴不渴，可要喝水？"

犹自陷入沉思中的听笙仿佛还未缓过神来，许久以后，眼睛里方才有了焦距，他挣扎着爬起来，看向阿雪，也不说话，只摇头。

阿雪歪过头没精打采地"哦"了一声，下一瞬便起身端了杯温水塞入听笙手中，抬起他的下巴，使其直视自己的眼睛："你阿姐虽将你托付给了我，但我也不可能照顾你一辈子，你我终究是人妖殊途，况且，我还有更重要的事需要去做。"

听笙依旧不曾言语，一双空洞的眼定定地望着阿雪。

阿雪微不可闻地叹了口气，松开捏住他下巴的手，又在其脸颊上轻轻拍了拍，有意提高了声音道："好好休息吧，明日我带你去个好玩的地方。"

第二日，天尚未亮透，阿雪便醒过来了，却不曾想听笙比自己醒得更早，一双略显清冽的眼直勾勾地盯住自己。阿雪被吓了一跳，拍着胸口从床上弹了起来，一副嗔怪的模样："你这是要干什么呀？吓死我了。"

换作从前，听笙大抵早就与阿雪拌上嘴了，而今却依旧一副丢了魂的可怜样。阿雪没来由地软了心肠，悠悠叹了口气，也不好再说什么，只道："咱们洗漱完便能出发啦。"

阿雪口中所谓的好玩的地方是位于北荒的妖市。

这些年来，她一直在寻找可替代养魂木的补魂器，若不能在十年内找到替代品，微醺定会魂飞魄散。

听笙并不知晓妖市为何处，也没打算去询问，任凭阿雪摆弄，在他脖子上挂了块刻着古怪符文的木牌。

阿雪就是这么只妖，你若絮絮叨叨与她说一通，她定能化身锯嘴葫芦，半天吐不出一个字；你若是像块木头似的，不言也不语，她定然能变作话痨，一直与你念叨下去。

看到听笙一言不发，阿雪便开始解释："妖市中全是妖魔，可不是每只妖魔都如我这般，你一介凡人贸贸然跑去岂不等于羊入虎口。给你挂块牌子，就等于是警告周遭一切妖魔，你是有主的。"

听笙静静地听着，仍是没能吐出半个字，阿雪莫名觉得有些颓败，替听笙梳好发髻后，便拽着他出门了。

妖市位于四海交界之处，要去那里便得渡海，若只有阿雪一人，她倒是可以御风前往，而今多了听笙这个凡人，她只得坐船前往。

大隐于市的妖不计其数，每日都有妖渡船前往妖市。那些渡妖的船也十分显眼，往往都用障眼法伪装成渔船，实际上却奢华至极，怕是凡间天子都造不出这样的船来。

阿雪与听笙踩着点赶到，甫一上去，船便扬起了帆，一下飘出几里，不愧是妖舟。

妖舟行驶速度极快，听笙只觉自己眼前起了一层又一层朦胧的白雾，浓郁到连阿雪都要看不清。他稍有些不安地朝阿雪所在的方向挪了挪，很快便传来阿雪带着笑意的声音："咦，你该不会是害怕吧？"

其实他不过是略感到不安罢了，阿雪也不过是想逗他说话罢了，岂知他依旧板着一张俊脸，不曾发出一丁点声音。

在阿雪的认知里，凡人便是弱小如蝼蚁般的存在，更何况听笙这孩子才这么点大，面对这种未可知的东西，怕也是再寻常不过的事。见听笙没有任何反应，她便毫不客气地一把抓住了他的手，语气温柔地轻声安慰他，这声音越发柔和，在奶白如鱼汤的浓雾里一点点散去，拂过听笙的发梢，拂过听笙的面颊，只余丝一般的余韵落入听笙心房，一匝一匝地围着他心尖尖上绕，莫名地痒。

原本还像块木头似的听笙如触电般地抽出自己的手，呆呆瞪着阿雪的眼睛，"男女授受不亲"这几个字却是无论如何都说不出口。大抵只因初见时阿雪那一仗打得太过激烈，以至于听笙无论如何都无法将其视作女子，毕竟这厮彪悍到能徒手撕裂水缸粗的巨蛇。

阿雪直接无视听笙的挣扎，手拉不得，那袖子总得给人拽吧？

于是，她又霸王硬上弓，直接拽住听笙的袖子，撇撇嘴，道："毕竟这船上都是妖，万一有图谋不轨的想趁火打劫，把你给掳走了可就不妙了。"

听笙也不挣扎了，任凭阿雪拽住自己的袖子，沉默半晌，突然开口问："我阿姐可还活着？"

不曾料到听笙会突然问起这个，阿雪一愣，而后才道："不知道呢，生死由命、成败在天，路是她自己选的，你也无须想太多。"

听笙"唔"了一声，又陷入沉默。

两人相顾无言，大眼瞪小眼足足望了近半个时辰之后，雾终于有要散开的迹象，妖舟也在此时靠岸。

浓雾渐渐散去，听笙的视线越来越清晰，他清楚地看到，呈现在自己眼前的是一片辽阔得仿若沙漠的海滩，海滩上没有一花一草一木，远远望去，除却银白色的细沙便是黑压压的徘徊在天际的鸟群。

阿雪看起来很是兴奋，指着远处密密麻麻飞来的鸟群说："看那些妖鹤！我们要去妖市就得乘坐它们，否则任凭你妖法再高强也都找不到去妖市的路。"

随着阿雪话音的落下，已然有两只妖鹤率先抵达，它们一脸谄媚地伏跪在阿雪脚下蹭啊蹭，直至蹭到阿雪不耐烦了，方才起身，一张嘴却是发出油腻的中年男声："哎哟……客官，您这一看就是英俊潇洒、风华绝代啊！像您这么俊秀的少年郎，想必也是十分冰雪聪明吧！您定然是知道的呀，骑坐妖鹤最重要的是什么？是安全啊！您看看本店的妖鹤，骨骼均匀高挑健美，一看就是顶好的坐骑，更重要的是咱们的妖鹤胖瘦适宜，既不硌人又没赘肉影响飞行速度。更何况咱们的妖鹤脖颈修长、身姿曼妙，让您在飞行的过程亦能保持优雅的姿态……"

从未见过这等奇事的听笙不禁瞪大了眼，阿雪一摊手，颇有些无奈："没办法，养鹤的妖太多，一个个为了抢生意都是这副德行。"

听笙不禁面露鄙夷，还未来得及发表自己的观点便被阿雪一把拽上妖鹤背上，于是他又羞涩了，仿佛连舌头都在打结："共……共乘一骑成何体统！"

阿雪一个白眼翻过去，又将听笙按严实了些："别看它们都这副德行，可都是一些货真价实吃生肉长大的妖禽，让你独坐一骑，被吃了都不知道。"

听笙顿时没话说了。

见听笙一副蔫巴巴的模样，阿雪只得憋住笑意，安慰着："没事，不委屈，好歹我也是个女子，吃亏的怎么也都是我。"

听笙又默默地朝阿雪翻了个白眼："多年不见，你依旧这般不要脸。"

阿雪笑嘻嘻的，一副浑然不在意的模样："可不是嘛，总得无敌于天下呀。"

听笙："……"

两人拌嘴的空当，那只猥琐的妖鹤已然展翅起飞，只不过它一飞，听笙才感受到什么叫作飞得又慢又不稳。

眼看别的妖乘坐的妖鹤早就飞得没影了，他们这只还在原地转，一副摇摇欲坠的模样，着实让人担心它随时都会掉下去。

听笙颇有些紧张地问："咱们该不会掉下去吧……"

最后一个字尚在舌尖打转，听笙的视线便开始模糊，此时的他像是穿行在万花筒中，前方是看不到尽头的隧道，周身是模糊而斑斓、不断从身边掠过的花花世界……

这样的飞行也不知持续了多久，抵达妖市时，正值黑夜。

规划整齐的街道上挂满了色彩缤纷的各式花灯，充斥在眼前的是熙熙攘攘的各类古怪行人：有的头上顶着两只尖尖的耳朵，屁股后面还拖着一条毛茸茸的尾巴，扭着杨柳般的柔软腰肢招摇过市；有的长着尖尖的獠牙，扑扇着一对黑漆漆的翅膀蝙蝠精一般地在街道中穿行；还有的穿着薄薄的纱裙,头上顶着一脑袋色彩艳丽的花,怀里还抱着一大捧,逢"人"便贴上去叫卖……

从未见过这种群魔乱舞画面的听笙看得目瞪口呆,他甚至还看到一只浑身裹着白纱布的白骨精扛着棺材在妖群中蹦啊蹦,也不怕会散架……

·第六章·

"你到底是什么？既然有黑色的羽毛，该不会是只乌鸦精吧？"

　　听笙还是那副德行，即便被眼前的景象所震惊，也依旧不喜形于色。

　　反观阿雪，两眼放光，简直激动到无法自已，一路都在絮絮叨叨与听笙说："好久没来妖市了，上一次来还是几百年前呢。从前呀，我最爱吃冬瓜街上那只耗子精做的烙梅酥了，每次，只要我一哭，微醺就总会拿烙梅酥来哄我。可这么些年过去了，我也统共就来过三次，每次都是我死缠烂打、苦苦哀求，微醺才勉为其难地带我过来……"

　　阿雪眼神迷蒙，两眼弯成月牙儿的形状，像是陷入了某种回忆里。

　　听笙终于抬起头来，正视阿雪的眼睛："微醺是谁？"这是他第一次从阿雪口中听到这个名字，难免会觉得好奇。

　　阿雪足下一顿，眼神逐渐恢复清明，说道："微醺他……一手将我带大，教我识字、教我说话、教我妖法……可我也不知道他究竟是谁。"

　　说到这里，阿雪原本愉悦至极的心情无端变得沉闷。

听笙也像是感受到阿雪骤变的情绪,不再言语,微微皱起眉来。

阿雪垂着脑袋盯着自己的鞋尖看了良久,终于又拉扯了与她一同戳在原地发愣的听笙一把,声音辨不出情绪:"再走快些,马上就要到冬瓜街了。"

那只耗子精开的糕点铺店名就叫糕点铺,只要店铺仍开着,不论何时店外都会排起五条长队。

这只耗子精脾气古怪得紧,店中只有五样糕点,排了哪样糕点的队,就只能买那一种糕点,别的都不卖。纵然如此,来此买糕点的妖依然从街头排到了巷尾。

今日阿雪与听笙运气倒是不错,买烙梅酥的队伍比买其余糕点的队伍都要短不少。阿雪二话不说便拉着听笙一同去排队,又微微笑着与他说:"以前我从不明白,微醺为何总不肯带我来妖市,后来被他带着来过一次我方才晓得,原来他不过是心疼我,舍不得我与他一同站在這里排队罢了。可他又岂能明白,我亦舍不得他一个人站在这里,一排便是大半天。"

听笙不明白为何阿雪一来到妖市便总要提那个名字,无端有种异样的感觉在心口漾开,于是,他问:"你是不是很喜欢微醺?"

阿雪毫不犹豫地答:"是呀,我最最喜欢的便是他了,当年我可是以为自己长大就能嫁给他呢。"

听笙像是不大愿意继续听下去,连忙打断阿雪即将要说出口的话,指着前方空出的大截空位说："前面的人走了，咱们跟上去吧。"

因为听笙的打岔，阿雪也想不起自己方才究竟要说什么，随口应了声便跟上去。

一个半时辰后，终于轮到阿雪。

蓄着两撇八字胡的鼠伙计满脸倨傲，鼻孔朝天，颇有种目空一切的气势，抖抖胡子，吊高了嗓音："烙梅酥只剩最后一块，后面的都走！走！走！"

于是，排了近两个时辰队的阿雪只堪堪买到一块缺了个角的烙梅酥。

她不禁有些恍惚，摇摇头驱散那些没来由涌上心头的繁杂回忆，干脆利落地将烙梅酥掰成两半，一半塞入猝不及防的听笙嘴里，一半被她捧在手中细细嚼着吃。

只吃了一口，便有冷梅凛冽的香味在唇齿间漫开，她的手不自觉地滑到胸口那个贴身收藏养魂木的地方，声音轻得像是自言自语一般："这里一点也没变，烙梅酥也还是从前的味道。你也在，只是无法与我一同分食烙梅酥。"

半块烙梅酥阿雪吃了近半个时辰，当最后一小块烙梅酥融在阿雪唇齿间时，她也终于停下了步伐，仰头望着一家商铺前的匾额。

商铺里顿时便有两只衣着清凉的女妖迎了出来，开口便问："这位小娘子是来当宝的还是买宝的？"

"买宝。"阿雪稍一思索又继续道，"我要买那种可用来补残魂的宝物。"

　　补魂这事本就是逆天而行，能修补残魂的宝物几乎是凤毛麟角，也亏得微醺命大，才得以在阿雪得到的这截养魂木中栖身。

　　两只女妖面有难色。光是看她们的表情，阿雪就已猜了个八九不离十。阿雪也不做难为人的事，从自己头上拔下一根头发放至其中一名女妖手中。奇的是，阿雪的手才离开，那根头发便化成一根通体漆黑的羽毛，两指粗，足有大半个巴掌长，落在那女妖手中分外醒目。随后，只听阿雪道："我近段时间都会在妖市，若有养魂宝器的消息，你大可凭借这个来寻到我。"

　　直至那两名女妖拿着阿雪的黑羽进了牙行，听笙方才面露疑色地问道："你究竟是什么妖，怎拔下一根头发就成了黑色的羽毛？"

　　阿雪刻意回避，只当没听到听笙的话，生生拽着听笙掉了个头，道："想来，我们定要在此处多住几日，先找个地方住着吧。"

　　听笙不死心，有着打破砂锅问到底的毅力："你到底是什么？既然有黑色的羽毛，该不会是只乌鸦精吧？"

　　阿雪被呛了一下，目光闪烁地在听笙头顶拍了一巴掌："瞎说什么呢！"

　　最终，阿雪与听笙在冬瓜街上的一间客栈住下，很是奢侈地包了间两出的套房。

　　妖市地价金贵得很，阿雪与听笙住的这间，说是套房，实际上也就是两张雕花床被隔开，分别安了扇门挡着，两扇并排而立的门外是共同的厅，可供梳洗与待客。

　　第二日一大清早，阿雪就消失不见了。听笙梳洗完，坐在圆桌前等了许久都不见阿雪下床，于是便去敲门，这才晓阿雪早就出去了。

　　听笙脖子上虽有阿雪挂上去的木牌，却仍不敢乱跑，只得坐在屋内枯等。

　　这间房的采光甚好，有扇硕大的雕花菱格窗，正对大街，站在窗前，街上的景致一目了然。

　　听笙才推开窗，便瞧见街道上排起了老长的队，再仔细瞧去，阿雪也赫然在列，原来这间客栈就在耗子精开的糕点铺对面。

　　听笙距离阿雪不过十米之遥时，横空飞来一只朱红的纸鹤，围着阿雪不停地上下飞舞，最后甚至停落在阿雪的肩上，像是在与她说些什么。

　　纸鹤飞走，阿雪这才注意到站在十米开外的听笙，忙朝他招招手："你来得正好，赶紧替我排个队，牙行的纸鹤来传消息啦，我得去一趟。"

　　听笙甚至都未能反应过来，便被阿雪塞了一手的妖银。

　　上次那只收下羽毛的女妖老早就站在牙行门口，远远瞧见阿雪的身影便迎了上去，笑吟吟地贴在阿雪耳畔说："这位小娘子可真是走好运，昨日才与我打听，今日就来了批好货，其中有件名唤补魂灯的宝器，今晚您就能来参与竞价了。"

阿雪拿了块铜牌，满面红光地离开牙行，大老远就看到个头顶油亮、身上金光闪闪的男妖围着听笙转。在她尚未来得及弄清这究竟是怎么一回事时，那男妖便被愤怒的耗子精差人扛走了。

这耗子精看着猥琐，却是冬瓜街一霸，得罪他的妖不是被扛着丢出冬瓜街，便是被捆着送往隔壁食香楼，洗刷干净做成菜。

阿雪沉思片刻方才赶过去，这一下却见听笙红着眼圈。

阿雪心中咯噔一下，心想着，她家白白嫩嫩的听笙该不是遭调戏了吧？这种事又不好明着去问，阿雪只得装模作样地轻咳两声，佯装惊讶地道："咦，你眼圈怎是红的，莫不是遭欺负了？"

听笙一个白眼甩过去，阿雪便笑嘻嘻地转换了话题，乐呵呵地说，她今晚便能得到补魂灯。

补魂灯究竟是用来干什么的，以及阿雪所做的一切与那个名唤微醺的是否有关联，听笙并不清楚，阿雪也从未明确地与他说过。饶是如此，他都能隐约猜测到，阿雪所做的一切都是围着那个名唤微醺的人在转。

阿雪不知道听笙此刻垂着脑袋在想什么，她豪气冲天地买走所有剩余的烙梅酥，气得她身后的那排妖只想脱鞋来抽她。

临近戌时，阿雪又带着听笙来到那间牙行。

牙行伙计递给阿雪与听笙一人一副纸糊的白色面具，盯着他们戴上，方才牵来一辆兽车，请阿雪与听笙上去。

车内比想象中还要宽敞，已经坐了不少妖魔，听笙甫一进车厢，一个个都仰头吸了吸鼻子，轻嗅空气中微微流动的活人气息。

　　阿雪一声冷哼，拈起那块悬在听笙胸前的木牌，那些骚动的妖魔方才有所收敛。

　　兽车急速行驶，约莫一炷香的时间后停了下来，随后便有人从外拉开车门，一个一个搀扶着这群妖魔下车。

　　呈现在阿雪眼前的是一座宏伟的狮头建筑，大张的狮口便是这整座建筑的入口，阿雪轻拽着听笙的袖子，随众人一同走进那隐含威压的建筑。

　　有牙行女妖给的铜牌在手，阿雪与听笙被引入雅间，两旁的侍者见他们一进来便立刻奉上今晚参与竞价的宝物花名册。阿雪一眼扫过去，只见补魂灯落在了倒数第二排，也就是说阿雪还得等很久。

　　今夜宝物层出不穷，场上的妖竞拍得死去活来，对其他宝物毫无兴趣的阿雪与听笙一同坐在雅间内优哉游哉地吃着冰镇瓜果。临近寅时，补魂灯才被送上竞拍场，却无一人有要去竞价的意思。

　　阿雪心中乐开了花，只在底价的基础上加了十银。眼见补魂灯就要落入她手中，却半路杀出个程咬金，一口气加了百金。

　　阿雪气得几乎要咬碎一口银牙，乘胜追击，也加了百金。

　　那突然杀出来的竞价者像是对此物志在必得，不愿与阿雪有过多纠缠，再次竞价，竟比阿雪报的价格翻了十倍。

　　阿雪一口老血梗在胸口，怪只怪自己穷。

最后，补魂灯自然是落在了那只妖手中，阿雪又岂能咽得下这口气，当即就要夺门而出。那一屋子的侍者又岂是用来做摆设的，除却服侍雅间内买主，还需替上边的人来看场子。否则大家若是都买不到心仪的宝物，都直接冲出去找麻烦，这个地方又岂能再开下去。

阿雪动身的一瞬间，雅间内的诸位侍者亦纷纷起身，却仍是慢了一步。阿雪早就将门打开，也就在这时候，一只金光闪闪且头顶油光锃亮的妖大摇大摆地抱着个木匣子悠悠走远。

阿雪一眼便认出，那正是用来装补魂灯的木匣。

至于那只金光闪闪的妖，阿雪印象更是深刻，此妖品位如此之独特，只消看上一眼，便足以铭记一生，正是白日里围着听笙乱转，被耗子精差人丢出冬瓜街的那只妖！

·第七章·

补魂灯若是被毁了，
微醺的魂怕是再也聚不齐了！

阿雪了然一笑，当即回眸与那些蠢蠢欲动的侍者道："咦，你们都起来作甚？莫不是都想陪我一同去方便？"说着，面上还露出羞怯的神色，"再怎么说，我也是个姑娘家呀，这样不大好吧？"

"……"众侍者面面相觑。

妖族虽不似凡间那般讲究男女之防，却也不至于开放到这等程度，一群侍者明知阿雪这是找借口，却又拿她没辙，总不能真跟过去吧？

于是，大家都沉默了，唯有阿雪一人笑得格外欢畅，一直默不作声的听笙更是想以手掩面，假装不认识阿雪。

众侍者沉默了约两息，终于有个领头者率先发话了："既然如此，不若让在下陪姑娘一同前往。"

本以为不要脸即可天下无敌的阿雪脸上的笑容瞬间僵住，半晌才点头："好呀。"

"噗……"身后传来听笙的憋笑声，心想，阿雪这个刺头儿终于棋逢对手了。

阿雪狠狠瞪了听笙一眼，方才心不甘情不愿地与那侍者一同去茅厕。

此时正值深夜，天上既无星星也无月，唯有过往行人手中提着的风灯发出点点暖黄色光晕。

阿雪一路走来都瘪着嘴，那名侍者就像影子似的亦步亦趋地跟在其身后，甩都甩不开。

眼看就要临近茅厕，嘴巴都要翘上天的阿雪终于发话，她甚是嫌弃地瞥了那侍者一眼，用十分恶劣的语气道："好了，赶紧停吧，莫非你还想跟进去不成？"

侍者不说话，阿雪又是一声冷哼，正要走进去，便看见迎面走来一人……

正所谓踏破铁鞋无觅处，得来全不费工夫。那不是旁人，正是阿雪心心念念要拦路打劫的妖。

他虽仍戴着面具，遮住了面容，阿雪却能十分清晰地感受到他那股子嘚瑟劲儿，仿佛走路都在飘似的，至于那盏补魂灯，多半已被他妥帖藏好。

阿雪脑子飞快运转，当下便想出一计，于电光石火之间撞在那妖身上，其力道之大，竟直接撞倒一名身高七尺的男妖，刻意把人面具撞歪了不说，还趁乱拔掉那妖的一根头发，方才一副慌忙的模样自那妖身上爬起。

那妖本欲破口大骂,低头一瞧,是个身段玲珑的姑娘,立马就换了副嘴脸。

那侍者将一切都看在眼里,也不说话,只默默看着那妖走远。

阿雪光明正大地将由那根头发化作的青鳞塞入胸口,甚是挑衅地瞥了那侍者一眼,方才走进茅厕。

……

阿雪回到雅间时,最后一件宝物恰好也被买走。阿雪再无继续待下去的理由,连房都未退,直接拽着听笙离开妖市。

阿雪身上既然有了从那妖身上扯下的青鳞,想要寻到他的踪迹,自是易如反掌之事。

听笙不知阿雪又在玩什么把戏,见其一直抿嘴偷笑,不禁问道:"你又要作甚?"

"不干什么。"阿雪左手捏着那片青鳞,右手顺势在听笙脸上捏了把,笑嘻嘻地说,"走,咱们又得开始赶路了。"

两人一直尾随着那妖,最终抵达北狄之地凶水河畔。

抵达北狄之地时,已是第二日辰时。

阿雪没有直接去找那个名唤九婴的妖怪,而是去了章尾山脚一个名为赤水镇的小城镇。

赤水镇很小,却因盛产美人而闻名于北狄之地。

从踏入赤水镇那刻开始,便有人不停地对着阿雪指指点点。

阿雪早在进镇之前就用换颜术把自己变成了个不过中上之姿的二八少女,她穿的衣服和头上戴的钗环等物皆经过一番筛选,不会过于寒酸,亦不会过于招摇,混在人群中绝对不显眼,莫说穿着打扮,就连走路姿势和眼神都十分规矩。

阿雪十分不明白,如此中庸的她何以吸引这么多人的目光。

就在阿雪心生疑惑之时,听笙突然说道:"你可曾发现,这街上根本寻不到年轻女子,全都是些上了年纪的妇人和老妪。"

听完听笙一语犹如醍醐灌顶,阿雪正要对其夸赞一番,便看见迎面走来个年过半百的老妪。她随手拉了阿雪一把,颇为担忧地道:"二位怕是从外边来的吧?近些日子赤水镇里不甚太平,小姑娘家家的还是少出门为妙啊!"

被截住话头的阿雪与听笙对视一眼,方才不动声色地四处打量着,一番观察后还真发觉熙熙攘攘的大街上,竟是见不到一个稍微年轻点的姑娘。

阿雪谢过老妪,慢悠悠地收回目光,装出一脸疑惑的样子,道:"可我瞧这儿挺热闹的呀,着实看不出什么不对劲的地方。"

老妪一脸为难,却是欲言又止:"小姑娘,你可发现街上有你这般年轻的姑娘……你还是听大娘的话,少出门。"

老妪不肯明说,阿雪与听笙也不勉强,笑着道了句谢便转身离开。

阿雪再次出现在街上时，已变成一个风度翩翩的公子哥，与黑着一张俏脸的听笙勾肩搭背招摇过市。

两人煞是扎眼地在大街上晃荡，特别是阿雪，大冬天的还捏了柄洒金玉骨扇，一路晃晃悠悠地搭在听笙肩上走，最后停在一间茶楼前，"啪"的一声合上扇面，拽着听笙大大咧咧地走了进去。

茶楼酒肆可谓是打探消息、讨论八卦的绝佳之地，甫一入座，阿雪便装模作样地道："小爷我早有听闻北狄之地的女子个个高挑艳丽，其中又以你们赤水镇的艳色最甚，谁知大街上尽是些腰粗膀子圆的丑婆娘！"换了口气，她又灌下一大口茶，与那正在上菜的小厮抱怨，"早知如此，小爷才不来这破地方看劳什子美人！"

听笙才不会掺和进去与阿雪一同演戏，他一言不发地垂着脑袋坐在阿雪面前看好戏。

小厮赔笑着打哈哈，阿雪的抱怨声却越发大："不看了，不看了，真是越看越反胃。"她"砰"的一声关上木窗，"母猪也能被夸成天仙，北荒蛮子脸皮就是厚！"

"格老子的你个小白脸，敢骂我们北狄人脸皮厚！"一个满脸络腮胡的粗汉子实在听不下去阿雪如此诽谤北狄人，他猛地一拍桌，震得茶馆里的人全都抖了抖。

"听清楚了，我骂的可是北荒蛮子！"阿雪跷起个二郎腿，吊儿郎当地看着粗汉子，笑嘻嘻地道，"难不成你承认自己是北荒蛮子？"

"你、你个小白脸欺人太甚……"粗汉子一双虎目瞪如铜铃,抄起袖子就要上去揍阿雪,只是他刚踏出几步就被同桌之人给拉住了。

粗汉子是莽夫,但并不代表其他人也没眼力见儿,阿雪与听笙身上穿戴之物皆为上品,再加上他们这般嚣张妄为,定不是个好惹的普通角色。

他们哥几个不过是一介草民,还是莫要惹是生非为好。

阿雪悠闲地晃着腿,看了热闹还不忘刺激那粗汉子:"蛮子就是蛮子,不但脸皮厚,还这般嚣张霸道,连句实话都不叫人说。"

粗汉子被几个兄弟按在桌上,涨红着脸,对着阿雪大吼:"你哪里说了实话!"

"我哪里没说实话?"阿雪一副玩世不恭的模样,扬起嘴角痞痞一笑,"你若想证明北狄汉子不是厚脸皮,就在大街上找个天仙给我看呗。"

粗汉子一听阿雪的话就泄了气:"这关头,你叫我去哪儿找?!"

阿雪挑了挑眉,继续火上浇油:"哪哪哪,原来不但是厚脸皮,还是群欺世盗名的,啊呸,狗屁的赤水美人天下绝!"

"美人全藏家里去了,你叫我怎么找给你看?!"粗汉子近乎撕心裂肺地吼着。

听笙握筷子的动作一顿,面露了然之色,心想,这镇上果然有古怪。

阿雪掏了掏耳朵,一副"信你就有鬼"的古怪表情。

粗汉子真急了:"我说真的,河神要娶亲,漂亮姑娘们怕被选上,全躲起来了!"粗汉子话音刚落下,茶馆里的人皆变了脸色。

粗汉子后知后觉,万分懊恼地闭上嘴,任阿雪怎么问都不肯再透露一个字。

阿雪得到想要的消息,自然而然也就不再折腾那粗汉子,不动声色地与听笙对视一眼,两人默契地同时低下头细细品尝桌上美食,只有吃饱了才好接着商讨对策不是。

每年十月二十日都是河神娶亲之日,是故,每逢十月,大街上根本寻不到标致好看的姑娘。

以防被河神那老淫贼给瞧上,赤水镇的漂亮姑娘们早在九月底就开始闭门不出,直到河神安安稳稳娶走五个美娇娘,方才松了一口气。

赤水镇之人对这个河神可谓是又爱又憎。

爱的是,河神很少作恶,平日里奉上几样合他胃口的贡品,便可保赤水镇风调雨顺;憎的是,这河神乃是色中恶鬼,明明每年都送了他五个娇滴滴的美娇娘,却还要时不时地上岸抢上几个良家妇女。

阿雪早已打听清楚那所谓的河神正是买走补魂灯的九婴,阿雪仗着自己而今有两把刷子便想出一计,只是这个计划有些冒险,只能她一人前往。

九婴究竟实力如何她着实不清楚,她虽交代了听笙顶多三日她便会回来,心中却十分没底,索性掏出身上所有钱财,偷偷塞进听笙包裹里,以防有个万一,听笙还能靠着这笔钱财安然度日。

阿雪想得简单，全然不曾思考，倘若听笙真在此处等了她足足三日却不见她回来，又从自己包裹里找到大批钱财究竟会如何想。

十月二十日天一亮，便有五户人家门外堆了数十箱彩礼和一顶八人抬的大红花轿。

被选上的新娘头盖喜帕，哭哭啼啼地被人搀上花轿。

奇形怪状的虾兵蟹将一路敲敲打打，欢天喜地地把五个美娇娘往河神庙里抬。

河神庙位置偏远，走上十几里路，还要穿过一片诡谲可怖的树林方能抵达。

接亲队伍即将走进树林之时，尾随其后的阿雪素手掐诀，引来一阵妖风，卷起林中枯枝烂叶，纷纷往欲踏进树林的虾兵蟹将身上砸。虾兵蟹将被怪风折磨得苦不堪言，只得止步林外，欲等妖风停下再入树林。

接亲队伍停下，阿雪则化身为风，钻入一顶位置最偏的花轿。

而那轿中新娘，还未反应过来就被阿雪施法送回了赤水镇。

阿雪成功替换新娘，林子里混淆视线的妖风便消失了。

虾兵蟹将们松了一口气，赶紧抬着花轿往河神庙赶。

夜幕即将降临，宽广无际的凶水被天边霞光染得一片绯红，和张灯结彩红绸高挂的河神庙倒是相衬。

虾兵蟹将们将五顶大红花轿整齐地摆放成一排，然后傻头傻脑地看着河面，也不知它们在等待什么。

当最后一缕阳光沉入深渊，天地间漆黑一片时，乌沉沉的凶水河面突然浮上一层荧光，有身披轻纱、头顶明珠的鱼女扭动着曼妙身躯，施施然跃出水面，水袖翩飞，在空中划出一道炫目的圆弧，旋转，俯身，面向河神庙盈盈一拜，齐齐朗声道："恭迎五位新夫人。"

另外四位新娘都不过是些凡人，哪里见过这般景象，又是惊喜又是害怕，坐在花轿里不知该如何是好。

鱼女的声音甫一落下，河面便驶来五只足有圆桌大的老龟。

五顶花轿被分别安置在五只龟背上，被驮着过凶水。

本以为自己会被带到河底的阿雪觉着奇怪得很，莫非河神的老窝不在河底在岸上？

阿雪垂着脑袋细细思索着。

老龟的速度比想象中要快，不过须臾便已抵达彼岸。一路跟随老龟屁股后划水而来的虾兵蟹将亦从水中浮了上来，又是一番吹拉弹唱，欢天喜地地抬着五个新娘子往山上走。

闷在花轿里的阿雪明显感觉到自己在走上坡路，她越发觉得新奇，难不成这河神是住在山上的？

约莫过了两炷香的时间，花轿才终于停了，轿门被人猛地从外拉开，险些要睡着的阿雪就这般被强行扯了出来。

新娘们的盖头接二连三被掀开，直至这时，阿雪方才发现自己原来到了悬崖边。

她默不作声地四处打量着，那名唤九婴的"河神"却在她盖头掉落的一瞬间，便将目光黏在了她身上。

阿雪甚至都未能反应过来，便被九婴拉至一旁，他面露淫邪地用指腹摩挲着阿雪的脸，啧啧称奇："想不到世间竟还有生得这般好看的凡人。"

他一语落下又朝戳在自己身侧的虾兵蟹将使了个眼色，那对虾兵蟹将会意，领着阿雪朝山下走。

就在阿雪转身的一瞬间，那九婴便祭出了补魂灯。

察觉到能量波动的阿雪猛地一回头，便看见另外四名新娘血溅补魂灯。

阿雪总算是明白了，原来他娶新娘还得看容貌，生得好看的才能留下，不好看的都拿来抽魂炼器了。

阿雪心念一动，连忙尖叫出声。

九婴虽凶狠，倒是个怜香惜玉的，瞧见阿雪受惊，忙搂着她细声安慰。

阿雪等的便是这一刻，在九婴搂住自己的一瞬间，五指勾成利爪，直朝九婴丹田挖去。

阿雪这一下来得又快又猛，九婴根本躲避不及，"扑哧"一声闷响，一团黏着血肉的内丹便落在阿雪掌心。

阿雪这一招还是在六百年前向某位大妖学来的，可谓是百发百中，偷袭阴人之必备。

没了内丹的九婴不过片刻便断了气，阿雪随手将那团内丹塞入乾坤袋内，朝那举着补魂灯的小虾米勾勾手指，道："把它拿过来，我便饶你不死。"

小虾米是只软脚虾，阿雪尚未发威便吓得站都站不稳，最终还是阿雪按捺不住，径自走了过去。

岂知变故恰在此时生出。

阿雪手指才触碰到补魂灯，悬崖底下便涌出一簇滔天业火，与此同时，还有道阴森可怖的声音自地底传来："本王的祭品怎么还不来？！"

阿雪只顾护着补魂灯，全身被业火所灼烧也不管不顾，她本就五行属火，被火烧烧也不碍事，补魂灯却不同，若是被毁了，微醺的魂怕是再也聚不齐了！

这是阿雪昏倒前冒出的最后一个想法。

从悬崖底下冒出来的业火着实厉害，阿雪倒勉强可扛一扛，其余虾兵蟹将几乎一沾到便化成了灰烬，就连那九婴的尸首也一样。

业火在阿雪身上烧了足有半个时辰方才熄灭，此时的她早就陷入昏迷，并不晓得自己而今的模样看起来究竟有多惨不忍睹。

在阿雪身上业火熄灭的一瞬间，西北处突然传来一股浓郁仙气，与此同时，天之彼岸忽而闪现两道耀眼神光。

一名着碧青广袖衣袍的神君直奔阿雪所在方向，只见他手掌微抬，那本燃烧得热烈至极的业火瞬间熄灭，露出阿雪被烧得焦黑的面颊。

青衣神君用他那双毫无神采的死鱼眼盯着阿雪端视了近半盏茶的工

夫，另一名紫衣神君方才气喘吁吁地赶来，直嚷嚷道："碧取师兄，你跑这么快作甚？不论如何你今日都得给我算上一卦！"

那名唤碧取的青衣神君视线仍黏在阿雪身上，一副全然没听到紫衣少年说什么的模样。

可怜那紫衣少年还双手托腮，一脸殷切地望了碧取老半天，最终却只盼来一句："咦，这究竟是个什么玩意儿？"此时此刻，他的手恰好搭在阿雪眉心处，他口中所谓的"东西"自然就是指阿雪。

碧取向来神神道道的，紫衣少年也早就习以为常，只不过这次，他却是也觉得奇怪："这难道不是一只妖？"

随着紫衣少年话音的落下，碧取已然皱起眉，摇头道："世间万物的命理皆有迹可循，我却看不到她的生命轨迹……"说着竟直接将阿雪扛在了肩上。

紫衣少年见之，不大欢喜地嘟起了嘴，埋怨道："你该不会又要捡回去吧？"

碧取不置可否，一言不发地扛着阿雪继续朝西行。

·第八章·

你们替我包扎，
居然连这么大的东西都不拿掉……

　　点苍与昆仑、琅琊、玉山并称四大上古神山。

　　六百年前，前任西方大帝不幸陨落在神魔战场之上，其座下弟子玄溟上神一举封印域外天狐，平息了持续近两百年的天狐之乱，就此任西方帝君之职，成为神界万年来最年轻的一位帝君。

　　战乱平息，天帝自然欢喜，不但辅助其稳坐西方帝君之位，还赠了座诸天神明皆眼红的点苍神山给玄溟作府邸，可谓是羡煞旁人。

　　神界诸神位阶分明，其中排在第一位的乃是西王母、鲲鹏大妖神及连碧神女，而后才是东方东极清华大帝、南方南极长生大帝、西方西极天皇大帝、北方北极紫微大帝和中央玉清玉皇大帝五大帝君。五大帝君之下便是各掌一方的上神，上神之下又分为八阶，从高到低排列分别是：上仙、高仙、太仙、玄仙、天仙、真仙、神仙、至仙。

　　三位上古大神向来不理外事，真正手掌大权的还是五方帝君，而今除却中央大帝，风头最盛的还是四海八荒有第一美人之称的西方大帝玄溟。

此时此刻，点苍山上桃花烂漫、花开似锦，一派旖旎春景，藏匿于层层叠叠桃花之间的碧青殿某旮旯窝里的某房间气氛却凝重至极……一张挂满深浅不一的绿色帷幔的雕花床上躺了个全身缠满浅绿色纱布，整体浑圆活像颗粽子的女子。

此时此刻，此女子正努力地扭着脖子，与床边那位上衫绿、下裳绿、腰带绿、鞋子绿、头冠绿……浑身上下一片绿，俨然一根青翠欲滴脆黄瓜的神君"深情对望"。

床上的粽子姑娘正是数日前险些被迷障业火烧成灰的阿雪，她醒来多久便与那"黄瓜神君"对视多久。

于是，向来就没什么耐心的阿雪终于按捺不住了，她无比艰难地从嗓子眼里挤出句完整的话："请问这是什么地方？"

"啊？"黄瓜神君竟一脸茫然地望着阿雪，颇有些呆滞地道，"你方才说什么？"

阿雪嘴角抽搐，只得哑着嗓子再重复一遍。

"啊？"黄瓜神君仍是一副呆愣的模样，摸了摸自个儿脑袋，甚是不解地道，"咦，这是哪儿来着？"

若阿雪能动，她定会以头抢地来表达自己的无奈。奈何，老天不开眼，不想让她做出如此重举。是以，她只能躺在床上拼命翻白眼，以表示她对黄瓜神君的鄙夷。

又或许是她前不久才抢了一只妖的宝物，遂老天不待见她，以青纱覆其眼，让她翻个白眼都不顺畅。

"哦……本君想起来了。"黄瓜神君眼睛一亮，用毫无起伏的声音道，"此乃本君的碧青宫。"

"……"阿雪只觉问了等于白问，瞬间打消了要继续问下去的念头。

她先前被那匪夷所思的黄瓜神君分去心神，待到沉寂下来，方才想起那盏她以命换取的补魂灯，忙扯着嗓子问："我的补魂灯呢？你可见我抱在怀中的那盏八角青铜宫灯？"

"啊？"黄瓜神君俨然一副又在神游太空的模样。

阿雪此刻只想把这神君拍成酱黄瓜，咬牙切齿道："你傻的呀！我问你，我的补魂灯在哪里？！"

"哦，哦，哦。"黄瓜神君这才听明白阿雪在说什么，面无表情地指向阿雪，"还在你怀里啊。"

阿雪默然，许久才颤声道："太过分了……你们替我包扎，居然连这么大的东西都不拿掉……"

黄瓜神君才不会接阿雪的话，他又用那双死鱼眼盯着阿雪看了半晌，终于定定出声："你究竟是个什么东西？"

这话怎么听怎么都觉得像是在骂人。

阿雪却没往心里去，很是实诚地道："我就是只妖呀，你难道看不出？"

黄瓜神君摇摇头,一双死鱼眼里难得透出几分凝重之色:"你身上的气息并非妖气……"

这使得阿雪大感意外,自从有记忆以来,她便觉得自己是妖。

就在她低头沉思之际,黄瓜神君又问:"你究竟是什么妖?为何我竟看不出你的元身?"

黄瓜神君正是传说中"上知天文地理,下知鸡毛蒜皮"的昆仑山神兽白泽,以他的修为要看破阿雪元身本该是轻而易举的事,此刻他眼中却是一片朦胧,只能隐隐看到一团黑。

阿雪更觉奇怪,稍稍一愣,方才吞吐道:"我……大概是只乌鸦精吧……"实际上,就连她自己都无法确定自己究竟是个什么玩意儿,只能说,像乌鸦。

黄瓜神君仿若醍醐灌顶,一双呆滞无神的死鱼眼瞬间亮了起来,喃喃道:"这么说,你是卵生的?怪不得……怪不得……"

阿雪又怎能明白这神神道道的黄瓜神君到底想说什么,尚未来得及开口询问,那厮竟一溜烟跑了,徒留阿雪一人郁闷地坐在床上自言自语:"你倒是告诉我,怪不得什么呀?"

……

时间一天一天地流逝,作为一名全身多处烧伤加骨折的伤员,阿雪整日除了吃便是睡,好不容易熬到拆纱布那一日,阿雪才得知,自己如今所处之地,乃是一座上古神山,名曰点苍。

据照料阿雪的仙娥说,她昏迷已半月有余,按照神界一天,人间一年的说法,她此番离开人间已经过了十余年,也就是说,听笙那孩子已长成三十好几的大叔,指不定孩子都有一打了。

思及此,阿雪不禁有些踌躇,不知自己是否该回去继续找听笙。

可凡人的寿命何其短,又岂会用这般有限的生命来挂念一只不过萍水相逢的妖?

更何况,他们本就不该有太多纠葛。

阿雪犹自陷入沉思中,那仙娥已然备好小剪子,手脚利落地替阿雪拆完纱布。

阿雪的思路就此中断,"得以重见天日"的她,第一反应自然是照镜子,看自己的脸是否如从前一样。

然而,"镜子在哪里"五个字甫一出口,阿雪就明显感受到了那仙娥颇有些微妙的表情。

意识到事态不对,阿雪又问:"你这表情……究竟是怎的了?"

仙娥依旧不答,隔了半晌方才支支吾吾地道:"仙子,您这脸恢复得不大好,留了些疤。"

"疤?"阿雪带着满脑袋的疑惑往自己脸上一摸——

略显粗糙的微凸触感使得她心中一颤,竟再也没了要继续摸下去的意思,也不管自己是否完全恢复,能否下地走动,竟一把推开那要搀扶着她起身的仙娥,直接冲到十米开外的青铜菱花水镜前……

阿雪几乎要把一整张脸都贴在青铜菱花水镜上，饶是她平日里再如何没心没肺，都承受不来这等打击。

"幻觉,幻觉,一定是幻觉,这个一脸坑坑洼洼的蛤蟆精绝不是我!"她一边扒拉着自己被迷障业火烧成癞蛤蟆皮似的脸，一边喋喋不休地念叨着。

普天之下又有哪个女子不在乎自己的容貌，遑论还是阿雪这种除却容貌几乎一无是处的女妖。

阿雪突然很想哭，却是对着镜子憋着嘴干号了老半天都没能挤出一滴眼泪。于是，她又想，她大抵是个注重内涵、不走寻常路的女妖，否则见到这等惨相又岂会哭不出来?

其实当日护着补魂灯，被迷障业火灼烧的时候，她便已猜测到自己这张脸多半是保不住了。

迷障业火可焚尽一切，那让人心魂皆颤的灼烧之感令她至今都不能忘却。

这半月来她极力控制自己不去照镜子，并且不断在心中安慰自己，即便是烧掉半张脸都依旧是美人，起码还有另外半张脸能证明自己曾经美过，指不定还能制造出个半枯半荣的戏剧效果……

然而，当她真正看到这等惨状时，仍是忍不住觉得悲伤。

倘若微醺补好魂魄重新轮回转世时，她仍是这副丑样，又该如何是好?

阿雪越想越觉伤心，泪水已然凝在眼眶打转，即将滴落之际，身前青铜菱花镜突然一绿，紧接着传来个干巴巴的声音："你这颗蛋是不是被孵化了很多年方才破壳？"

"啊？"好不容易攒起的悲伤情绪就这般被突然冒出来的碧取所打断，阿雪傻而天真地瞪大了眼睛望着他，"神君，您说什么呢？"

碧取自然不会回复阿雪，自问自答似的说："其实你早就死在蛋中，虽已出生却未真正出世，当初是有人逆天而行强改你的命，你才得以孵化，所以，你本不该存于世，也正因此，吾才看不到你的命理……"

碧取吧啦吧啦说了一大堆，阿雪却是一句话都没听进去，犹自沉浸在自己毁容的悲伤中，连碧取何时离开的都不知晓。

悲伤到无法自已的阿雪整日都躺在床上挺尸，直至夜幕降临，那盏被她随手丢在床头的补魂灯周身发出诡谲的赤红光芒时，她方才想起自己得去做件更重要的事。

这盏补魂灯乃是上古神器，绝不会发出这等诡异的红光，或是当初染了人血而被污染，又或是它从前的主人用它做了什么阴损之事，而导致其被污染。

用一盏被污染的补魂灯来修补微醺的魂魄，将来会发生怎样的异变谁也说不清，也亏得阿雪今日情绪不高，拖到这时候都未能将微醺的残魂投进去，否则后果真是不堪设想。

虽侥幸躲过了一劫，却又有麻烦事接踵而至，那便是再去寻找能净化补魂灯之物。

麻烦事一桩接一桩来,阿雪只觉头大。

她再也没心思去想自己毁容之事,又躺在床上沉思良久,方才隐约想起,微醺从前曾与她说过,点苍山上似乎有一口可净化万物的灵泉,也正因那口灵泉的存在,点苍山才会成为一块诸神都想要的香饽饽。于是她便思索着,自己该不该去找碧取讨些灵泉水来用。

阿雪是个想到什么就会即刻去做的姑娘,这个法子才从脑子里冒出,她便从床上蹦起,趿着鞋冲出房门去寻碧取。

结果,一番折腾下来,竟是无一人知道这碧取究竟跑哪儿疯去了。

阿雪只得去询问平日照料自己的那位仙娥:"仙女姐姐,你们这儿可是有一口能净化世间万物的灵泉?"

仙娥不假思索地点头。

阿雪见之眼睛一亮,又连忙问道:"那你能送我一些灵泉水吗?"

此话一落下,仙娥脸上的表情都变得不大对了,她用一种奇怪的眼神上下打量阿雪一番,方才道:"淬玉泉里的水可珍贵着呢。"

阿雪仍是不死心,用试探的语气道:"原来是这样呀,我还想找你们家神君讨些灵泉水呢。"

向来和蔼的仙娥突然变得十分冷漠:"这种话,仙子可千万莫要再与他人提。"

经过这么一出,阿雪也算是摸清了底,想来她即便是真找碧取神君去要，人家也都不会给，既然如此，倒不如自己偷偷摸摸地过去。

心中已然有了一番算计的阿雪笑了笑，她微微颔首与那仙娥道谢。

第九章

> 那人正逆着光，冷冷而笑：
> "自此以后，你便是本座的人。"

摸清一切的阿雪连夜便出发了。

结果却是出师未捷便栽在了找淬玉泉的路上。

好在她是妖怪，不会轻易饿死，也没那么容易累死。

她认准前方，有路便走，又是一番折腾，眼睁睁地看着白天转为黑夜。

她不清楚自己究竟走了多久，在翻过一座山头后，眼前景色骤然改变，充斥在眼前的不再是绯红如霞的桃花，而是常年以玉膏灌溉，连同花蕊都透出五色光彩的丹木花。

站在流光溢彩的丹木林中，阿雪有一瞬间的失神，随即加快步伐，向丹木林深处走去。

泛着碧玉般温润光芒的淬玉泉上，腾着一层氤氲雾气，笼在皎白月光下，虽只见得到一半美景，却也能想象出整幅画卷当是如何的美丽。

阿雪顺着曲折的林间小道，朝着目光所及的淬玉泉走去，却在走到一半时就停下了脚步。

　　朦胧水汽弥漫，少年修长纤细的身体若隐若现，浓如泼墨的长发紧贴身体淌下，覆在白嫩如凝脂的身躯上，浓黑与纯白相互映衬，宛如一朵摇曳在素白纸面的泼墨睡莲。

　　阿雪望着少年白腻若脂的身体，顿足站在原处，十分踌躇。

　　淬玉泉就在眼前，该不该趁那人不注意偷偷跑过去接点泉水呢？

　　正值阿雪犹豫之际，那少年却突然开口说话："碧取师兄，你来啦？快来替我擦擦背。"

　　"啊？"阿雪愣神，不明所以地望着少年。

　　少年听见声音不对，立即抬头望了过去。

　　正因这一眼，阿雪才得以看清那少年的面容。

　　月光尽数洒落，浅浅柔柔落了少年一脸，再柔美的月光也敌不过他眸中流转的光华。更奇妙的是，这少年明明有着柔和到极致的眉眼轮廓，却丝毫不显女气，凝眸遥望间，隐隐透出几许不可言传的高贵之感。

　　从疑惑到震惊不足一瞬，少年细致入画的五官骤然挤成一团，下一个动作竟是捂胸口后退，冷声呵斥："你是何人？！"

　　阿雪默然扫了少年一眼，沉默一番，最终还是厚道地提醒："那个……你好像遮错地方了！"

　　一语落下，阿雪就觉眼前一黑，劲风携着某样带着药香的柔软物什落在头上，完全遮住了她的视线。

待阿雪扯掉那物什，少年已躲入池中，只余一颗脑袋露在水面，涨红着脸怒视阿雪。

"呃……"阿雪绞了绞手指，决定开口解释，"那个……我只是路过的，顺便来接点水。"语罢，也不顾少年杀人般的目光，淡然地走到淬玉泉边，捏出藏在袖子里的玉瓶就开始灌泉水。

所幸自己早做好了准备，否则连个装水的容器都没有。

阿雪一边接着泉水，一边在心中嘀咕着，全然无视那眼神几乎可以杀人的少年。

"够了没有！"淬玉泉里的水以一种令人匪夷所思的速度急剧下降。

眼睁睁看着自己胸口再次裸露出水面的少年终是忍不住开了口，只是，那声音听起来痛苦至极，简直是从牙缝里挤出来的。

阿雪很是随意地瞥了眼极速下降的水面，十分不以为然地道："别急别急，瓶子还没装满呢！"

少年再也没法忍，咬牙捂着白皙如玉的胸口，红着眼睛大吼："滚！马上滚！"

阿雪不乐意了，连忙嘟囔着："别呀，还差一点点就满了！"

少年不再说话，冷着脸望着阿雪，从掌心引出一团紫雷，直接砸过去。

"啊！"阿雪一声惊呼，连忙塞上玉瓶的瓶塞，就地一滚，躲开雷团。

滚完一个圈，她还不忘扯着嗓子愤愤不平地嚷着："你这人怎么这样，不就接点水嘛，至于用雷劈我？"

少年一言不发，依旧冷着脸唤出紫色雷团砸阿雪。

紫色雷电密集交织，一个接一个地砸来。

阿雪失去妖力，躲得甚是狼狈，被劈得一路滚出丹木林。

那少年仿佛还觉得不够解恨，只听茂密的丹木林中传来一声高昂的凤鸣，随后便有一道银白的光直奔阿雪而来，她甚至都没闹明白究竟发生了什么，便被一只突然出现的白凤吓去半条命。

阿雪尚未感叹完，那白凤便落至阿雪身前，低头瞅了她一眼，那眼神真真叫一个杀气腾腾，不知道的还以为阿雪抢了它老婆。

失去妖力的阿雪即刻就怂了，连忙换上一副谄媚的嘴脸，与那白凤套近乎。

那白凤却是理都不想理阿雪，一把揪住她后领，直接扇翅飞向天际。

待到阿雪缓过神来时，已然悬在半空之中。

阿雪只觉迎面吹来的风如刀子一般刮得她脸颊发疼，连眼睛都睁不开，压根不知这鸟究竟要将她带往何处。

兴许是觉着飞得够高够远了，白凤高昂着头发出一声清越的鸣叫声，眯着一双寒光四溢的狭长凤眼，一把抖开阿雪紧拽住它爪子的手。

失去妖力的阿雪立马像个秤砣似的哗啦啦往下掉。

阿雪心中咯噔一下，直呼，完了完了，这下得砸成肉饼了！

风不断呼啸而来，坠落感在离地五百米处骤然消失，阿雪连忙闭上了眼睛，却没有传来预料中的疼痛。

而后，只听"刺啦"一声脆响，阿雪便发觉自己被挂在一株硕大的桃树上，荡秋千似的晃啊晃啊晃……

阿雪愣了愣，随即低头看地面，只见身下是连绵不绝的绯红花海，有长风袭过，荡出一波又一波绯色的花浪，携着香甜气息漾入人心……

阿雪身上受的伤尚未好透，再加上那少年着实阴险，变成白凤抓着她坠崖也就罢了，竟然不声不响就封了她身上的妖力，害她晾腊肉似的在这树杈上挂了整整一宿。

起先阿雪求生意识也是很强的，扯着嗓子号了老半天，愣是没有半个仙娥出现。

她身上这袭青衣更是质量好到令人发指，这般挂了她一天一夜竟未出现一丁点破损的迹象，真真是仙家出品质量有保障。

翌日清晨，"被挂东南枝"的阿雪是被一阵异响所吵醒的。

充斥在阿雪耳畔的是无数道由鸾、凤与蛟、龙所发出的繁杂声音，睁开眼，首先映入她眼帘的是一片滔天紫霞，远远望去，仿佛有鸾、凤在穿行，有蛟、龙在游移……

睡得脑子一片混沌的阿雪以为自己在做梦，揉了揉眼睛再一看，霞光犹自横亘在眼前，并且似有越推越近的趋势……

四周不知何时又扬起了风，漫天绯红桃瓣纷纷飘落，一层又一层铺落在本就积了厚厚一层绯红落花的地上，阿雪兀自仰头盯着那些漫天飘零的花瓣发愣，全然未意识到不远处凭空出现了一个白衣男子。

那人就这般不期然地出现，在长风中胡乱飞扬的雪白衣袂扫净一地厚重落花，一步一步地缓缓行至悬挂着阿雪的桃树下。

也就在这时候，阿雪突然觉得一股寒气顺着尾椎骨直蹿上脑门，那种感觉就像是被什么凶狠的猛兽给盯上，欲将其生吞活剥一般。

阿雪不禁浑身一颤，如临大敌地低头一瞥……

她的目光穿透漫天纷飞的落花与初晨扬起的尘埃，最终定格在那人的脸上。

那一刹那，她只觉脑子里空白一片，无端就想起千年前，自己初见微醺时的画面，也是在一片望不到尽头的花海里，银白月华洒落在他身上，而他踏着一地落花徐徐而来。

彼时的她尚且年幼，尚不知美人为何物，可他一出现，她便明白了，所谓美人就该是这副模样。

这大抵是阿雪这千年来第二次因为人的容貌所震慑住，她呆呆地望着那人的脸，竟半晌都未能回过神来。

直至那人薄唇微掀，用捕猎一般的眼神直勾勾地望向她，她方才拉回心神，一瞬间扫空所有旖旎心事，转而满脑子疑问。

阿雪不禁琢磨着，莫非自己长得像这位美人儿的仇人？还是欠了他钱，否则，他又何必用这种冷冰冰的眼神瞪着自己？

阿雪脑子里虽这般想，嘴倒是非同一般的甜，也不管自己如今这番模样有多吓人，连忙咧开嘴，挤出个笑，左一句神君，右一句神君叫得可真欢。

阿雪嘴甜，来者却是个不领情的。

只见他那略阴鸷的眼神一寸一寸地在阿雪身上游走，自上而下来回扫视数次，最终将视线停落在其脸上，拉长了尾音，似笑非笑道："本座凭什么要救你？"

他声线本就低沉，又刻意将尾音拖长上扬，一句看似平常的话语无端变得暧昧且妖娆，落在阿雪耳朵里，仿佛有无数根细小的羽毛在挠啊挠，酥酥地痒。

阿雪又是浑身一颤，没来由地泛起了一身鸡皮疙瘩，竟真的认真地思考起了这个问题。

然而她思考良久，最终得出的答案也只是："或许……小的能做牛做马来服侍你？"她虽这般说，心里却不是这么想，总之也就是随口说说罢了。

又岂能料到，那神君竟又弯着嘴角道："做牛做马就不必了，你若真有心，倒不如以身相许。"

"啊？！"阿雪简直不敢相信自己的耳朵。

那厮嘴角越发上扬，阿雪甚至能清晰地看到，有笑意一点一点渗入他眼底，只是那笑并未给人带来暖意，反倒令阿雪遍体生寒。

她尚未发出质疑，便听到头顶传来一阵细微的声响，像是布帛撕裂的声音，紧接着她便觉身下一轻，甚至来不及发出惊呼声，整个人便落入个清冷的怀抱。

那人正逆着光，冷冷而笑："自此以后，你便是本座的人。"

第十章

> 若阿雪能在此时回头望上一眼,定然能认出,
> 那正是她当年挂在听笙脖子上,
> 以防他被妖市中其余妖怪给盯上的豢养令。

寂静,死一般的寂静。

周遭只余长风穿过桃林的声音,又是一阵风吹来,卷着满地落花四处纷飞,糊了阿雪一脸沾着泥土的绯红花瓣,终于打破这死一般的寂静。

"啊呸呸……"阿雪苦着脸吐掉飞进自己嘴里的桃花,微微侧过脸,用癞蛤蟆皮似的右脸面向那神君,"风太大了,小的没听清神君您方才说什么,可否再说一遍?"

那神君敛去面上所有笑意,眉头一挑,一字不差地又将那话重复一遍。

阿雪就纳闷了,不禁壮着胆子道:"小的有一事不明白……"

神君垂着的眼睫轻轻颤动,侧目望去:"说。"

"呃……"阿雪不好意思地摸着鼻头,"敢问神君究竟是瞧上了我哪一点?"

神君薄凉的唇再度扬起，道："本座恰好缺个女弟子，你又丑得这般清奇，收你为徒，倒是不怕被人嚼了舌根。"

阿雪虽知自己而今这副模样简直丑到锥心，却也禁不住这般被人不留情面地打击，然而对方又是一介神君，还能骂回去不成？

阿雪只得把气往肚子里咽，闷了半晌，只憋出个单音节："哦……"

那神君似还有话要说，第一个字犹在舌尖打转，远方天际忽然同时掠来三道神光。

阿雪堪堪看清那三道神光的颜色，便觉自己整个人都在往下坠，竟是被那神君直接给抛到了地上，只听"砰"的一声响，阿雪的臀就已率先着地，其间扬起落花无数。

就在阿雪落地后的一瞬，便有一蓝、一青、一紫三道不同颜色的神光同时落在那神君身前。

阿雪也顾不上屁股疼，忙仰头望去，这一眼，只瞧见着蓝、青、紫三色衣袍的三位神君恭恭敬敬地与那无情将她丢掷在地的神君行礼，口中高唱："弟子聆兮、碧取、瑾年恭迎师尊渡劫归位。"

着蓝色衣袍的神君，是个阿雪从未见过的人物。

至于另外两个，可都是熟面孔，青色衣衫那位正是当初将阿雪扛上点苍山的碧取神君；紫色衣衫那位，阿雪并不晓得，他当日其实目睹了她被扛回来的整个过程，只隐约记得，他似乎长得有些像自己昨日盗灵泉水时所撞见的那个少年。

阿雪心中咯噔一下，此时她若再猜不出面前的神君是何人，怕就是个傻子了。

阿雪好歹也在点苍山上待了些时日，自然晓得碧取神君身份是如何尊贵，普天之下能让他屈膝唤上一声师尊的自然只有那位年轻的西方天帝玄溟。

静静趴在地上的阿雪本无一丝存在感，可玄溟轻描淡写的一句话便成功地将所有人的目光都聚集在阿雪身上。

只见玄溟神色泰然地拈起一瓣落在自己肩头的桃花，淡淡道："今日你们又多了个师妹。"

猝不及防的阿雪就这般突然被三道目光锁定。

她甚至不抬头都能感受到，那探寻的目光来自蓝衣神君聆兮，嫌弃厌恶的目光来自紫衣神君瑾年，至于黄瓜神君碧取……他竟一脸幸灾乐祸！

阿雪简直如芒在背，却又慑于这几人的气势，压根不敢抬起头来，只得继续趴在地上装死。

三位师兄弟就这般一直盯着阿雪看呀看，最终还是聆兮率先打破僵局，与阿雪逐一做起了介绍："这位着青衣的乃是你二师兄碧取，这位着紫衣的乃是你三师兄瑾年，吾乃是你大师兄聆兮，敢问师妹芳名？"

阿雪从善如流，忙拍拍裙摆站了起来，逐个与师兄们问好，一派乖巧的模样："师兄们唤我阿雪便好。"

纵使她有满脑子的疑惑未解,也不好在此时拂了诸位神君的面子,只得耐着性子去与聆兮客套寒暄。

聆兮微微颔首,又撇头望向玄溟,道:"师尊渡劫归来又喜得女徒,弟子可要设宴宴请诸天神君?"

玄溟甚是冷漠地用眼角余光瞥了阿雪一眼,薄唇微掀,只吐出两个字:"免了。"

阿雪只觉受到了极大的打击。

这个眼神究竟是怎么一回事?自己有这么见不得人?至于这般嫌弃?说起来,自己还不想莫名其妙多个师尊呢!

阿雪甚是不满地腹诽着。

这玄溟帝君也是个不寻常的神仙,做起事来全凭自己心意,压根不给人思索的机会,才拒绝完大弟子聆兮,下一瞬又直接揪住阿雪的领子,一路御风而去,将其带回自己寝宫。

从未见过如此架势的阿雪不禁瞠目结舌,戳在门口,死活不肯跨过那道门槛。

反观玄溟,长腿一迈,大刺刺地歪在美人榻上,哪儿还有先前那副冷面帝君的模样。

还未等阿雪发出疑惑,玄溟就已扬起嘴角,朝她凉凉一笑:"乖徒儿还不快进来替为师捶腿。"

"……"阿雪简直呆若木鸡,很是费解,玄溟这又是要闹哪般?

瞧阿雪傻了似的戳在原地不动，玄溟眉头微挑，又重复道："还愣着作甚，快些过来。"

纵然有千千万万个不情愿，阿雪也只得硬着头皮上，跨过门槛，一路磨磨蹭蹭走去。

伺候人的活她可不会做，给人捶腿更是生平头一遭，既然如此，又哪能控制好力道，不是被嫌弃捶重了，就是轻了，阿雪很是苦恼。

总之，阿雪就这般莫名其妙地多了个师尊。

说起来，这师尊若是为人正直也还能忍，可眼前这厮明显就是个公报私仇的不正直师尊！嫌弃她丑让她戴着面具遮脸也就罢了，这货口口声声说收她为弟子，结果到头来，做的都是些粗活重活。最最可恨的地方在于，这货会装，简直比她还会装，有人的时候总一副仙风道骨、风华绝代的模样；待到人走了，只剩下阿雪一人时，又毫不保留地露出本性，往铺了厚厚一层雪白兽皮的美人榻上一靠，俨然像只没了骨头的慵懒狐狸，眯着眼儿，使劲儿折腾她。

累了一整日屁股都没挨过座的阿雪终于忍受不了，直接瘫在地上，期期艾艾地与玄溟道："莫非我与您有仇？又或者说是，我与您仇人长得相似？否则师尊您又为何这般折腾我，连我的脸都不想看见！"

玄溟懒洋洋地打了个哈欠，耷拉着眼皮子，似笑非笑地望着阿雪："要想成为人上人，必先苦其心智，劳其筋骨，为师这是为你好。"稍作停顿，眼波一扫，语气微转，突然变了个调，"还不快去替为师沏壶茶来！"

阿雪一口老血梗在喉间，吐也不是，咽也不是，甚至还打不过人家，只得默默捡起扫帚继续跑去为其沏茶。

然而……这货居然又开始挑三拣四，不是嫌弃茶水凉了就是嫌弃茶水苦了、嫩叶被闷熟烂了。

正所谓是可忍孰不可忍。阿雪再也禁受不住这种折腾，索性把那茶盏往地上一摔，怒吼道："这个徒弟，我不当了！不当了！谁爱当，谁当去！"

玄溟也不恼，只微微眯了眼，状似随意地道："那微醺的魂，你可还想补？"

一席话说得云淡风轻至极，阿雪心中却扬起了惊天骇浪，不禁变了脸色，警惕道："你怎知此事？"

玄溟神色不变，悠悠自薄唇中吐出一句："你只知补魂灯可补残魂，又岂知若无法将补好的魂魄在七七四十九天送入轮回道，其魂魄依旧会散开？"

一句话看似简单，实则蕴含大量信息，阿雪又岂会听不出。

她心中的震惊已无法用言语来形容，仿佛有无数道飓风在脑海中搅来搅去，原本清明的灵台混浊一片，连思绪都已混乱不堪。

半晌以后，她终于捏起拳，龇牙咧出一抹笑，噌噌噌跑至玄溟身前，诚然一副狗腿样："师尊您在说什么呢？徒儿可乖了，马上就能替您沏出一壶好茶来。"

阿雪的身影逐渐飘远,玄溟自衣襟中摸出一块颇有些年代的木牌来细细摩挲。

若阿雪能在此时回头望上一眼,定然能认出,那正是她当年挂在听笙脖子上,以防他被妖市中其余妖怪给盯上的豢养令。

屋外阳光斜移,光明寸寸退去,暗色如影随形,顺着墙根一路笼来,漫上玄溟雪白的衣,他垂着眼帘轻声叹息,似梦呓般喃喃细语,反反复复念着那个曾被他挂念一生的名字:"阿雪……"

第十一章

不从也得从，
快起床替为师劈柴、挑水、做饭去！

　　时光于不经意间流逝，阿雪被玄溟拐去打杂也已近十日，从最初的歇斯底里到后来的慢慢适应，阿雪竟花了不到十日的工夫。

　　于是，阿雪不禁托腮沉思，莫非她这是欠虐？否则又岂会连反抗的心思都不敢起？

　　阿雪躺在床上翻来覆去都想不出个所以然来，索性不再去想，拎着那盏已然被净化的补魂灯一个劲儿地傻笑。

　　还未笑个畅快，她忽然觉得一股凉气直突突地涌上心头，笑容就这般凝在唇畔，再也笑不下去。

　　过于熟悉的阴寒之气不期然地席卷而来，阿雪不禁浑身一颤，梗着脖子朝床畔望去……

　　这一眼只见窗外竹影婆娑，月色皎洁，微凉的夜风钻透窗缝丝丝扫来。

玄溟就这般长身立在床畔，烛光在他身后摇曳，拖出颀长的影，一路蔓延至窗沿，融入月光里。

　　若有似无的幽幽细风钻过窗缝，轻扫过阿雪鼻尖，甜腻而绵长的桃花香气乘风涌入阿雪鼻腔，她神色怔忪，有着片刻的沉寂。良久之后，她方才满脸惊恐地拉起被褥，将自己遮得严严实实，只露出眼鼻，小心翼翼地问道："师尊……大晚上的，您这是要做什么……"

　　玄溟彼时正逆着光，眉目模糊一片，混淆在暗色里，任阿雪如何睁大眼睛都看不清他的表情，只能凭借自己的感觉去一点一点揣测。

　　阿雪的目光始终黏在玄溟的脸上，丝毫未发觉他正在一点一点逼近。

　　待到阿雪缓过神来之际，他的脸已近在咫尺，连拂在脸颊上的呼吸都格外清晰。

　　那一刹那，阿雪只觉自己心跳如雷，怀里仿佛揣了只活蹦乱跳的小白兔，脸颊无端红成一大片："师……师尊……您别……"

　　余下的话未有机会溢出口，玄溟又凑近了几分，眼波流转，一副无赖相："为师睡不着，你这副表情是在嫌弃？嗯？"

　　也不知他究竟是有意还是无意的，最后一个字的尾音当真是绕得人心痒至极。

　　阿雪战战兢兢，又往被子里缩了几寸，只露出一双骨碌碌转动的黑眼睛，颤声道："不敢嫌弃……不敢嫌弃……只是师尊您别再靠近了……"

　　玄溟面上的轻佻之色一扫而尽，突然浮现出狰狞的表情："徒儿你在怕什么？快来伺候为师呀！"

玄溟近在咫尺，几乎就要触到阿雪的鼻尖，阿雪忙闭上眼睛，哭哭啼啼道："你这个禽兽，怎能这样！我不从！我不从……"

"不从也得从，快起床替为师劈柴、挑水、做饭去！哈哈哈……哈哈哈……哈哈哈……"

阿雪是被玄溟那可怖的笑声给吓醒的，一醒来便发觉自己犹自躺在床上，先前种种不过是一场梦。

她目光呆滞地抹了把额上渗出的汗水，又轻轻拍了拍脸颊，狠狠在心中唾弃自己一把，无缘无故做这种梦，莫不是垂涎师尊他老人家的美貌？

甫一想到这个，阿雪脑子里就不禁浮现出玄溟的脸，而后便是止不住地背脊一麻，抑制不住地全身一颤。

她不禁由衷感叹："好在自己如今长得丑，玄溟又这般变态，否则单凭玄溟这张脸，怕是又得闹出一桩震惊三界的师徒不伦之恋……"

尚未感叹完，便有一阵长风袭来，吹开轻掩着的雕花窗，霎时阳光蜂拥而来，险些闪瞎了她的眼。

玄溟为人虽不正直，教导弟子倒是用心严厉，他早有规定，凡是他的弟子，不论神阶多高，都得在太阳照在点苍山正殿第五块砖的高度时抵达正殿上早课。

阿雪今日这觉睡得那叫一个沉，阳光都快挪到正殿外第九块砖的高度了，再晚些起，恐怕连早课都要赶不上。

一想到玄溟那张表情诡异的脸，阿雪便觉头大，连发髻都来不及梳，就趿着鞋披着衣急急忙忙往屋外冲。

阿雪来得倒是巧，才冲进正殿，早课恰好也就结束了。

坐在蒲团上的玄溟微微抬起眼帘，轻描淡写地扫视她一眼，阿雪便觉身上有如千斤重，腿上像被灌了铅似的，整个人都不能动弹，又因昨晚那个梦，她的视线才撞上玄溟，又如触电似的收回，一时间表情错综复杂至极。

相比较阿雪的不自然，玄溟倒是依旧一副严师做派，凉凉扫视阿雪一眼，便悠然收回目光："去正殿门口领罚。"

听到这句话，阿雪没来由地松了口气，去正殿门口认罚也总比待这儿看着玄溟的脸好。

她心情无端变得愉悦，连着步伐都轻快不少，倒是又叫垂眸冥想的玄溟抬起眼帘，若有所思地望了她几眼。

玄溟给阿雪定的刑罚内容甚是简单，不过是蹲马步罢了，纵然如此，阿雪还是一脸痛不欲生。

上完早课的师兄们一个个从她身边经过，或是幸灾乐祸，或是深表同情。阿雪都只得咧着嘴笑，直到玄溟双手负背悠悠踱步而来，阿雪心中又是咯噔一下。

果不其然，待到他的徒儿们都走尽了，他又露出原形，懒懒散散地捏着根软树枝，对阿雪这里敲敲那里打打，手上下狠劲不说，嘴上还不饶人，直道："微醺究竟是怎样教你法术的，连基础都未能打牢？"

阿雪又岂能容许旁人说微醺的坏话，梗着脖子满脸傲气地道："我从前压根就不需好好学法术，不论遇到什么，都有微醺在，有危险他会救我，我若想揍人，他亦能二话不说便替我去揍！"

语罢，阿雪方才想起自己漏了什么，连忙追问道："你究竟是如何得知我与微醺的事？"

玄溟耷拉着眼皮子，良久不说话，半晌以后，方才凑近了直视阿雪，阴阳怪气地道："你这丑丫头莫不是在炫耀？"

阿雪满脸疑惑，不知玄溟又有哪根筋搭错了，随即又觉"丑丫头"这称谓听起来甚是耳熟，仿佛曾有谁这般天天追在她身后喊。然而那些记忆太过久远，她已然记不清。

就在阿雪发愣的空当，玄溟嘴角又微微弯起，勾出个令人感到惊心动魄的弧度："既然如此，那便再加半个时辰。"

阿雪简直要气到昏厥，欲开口与玄溟争论，思索老半天，最终却只憋出三个字："我不服！"

此时的日头已然移至头顶，明晃晃照下来，再无草木遮蔽，不过一晃神的工夫，阿雪身上便沁出一身汗。

再看玄溟，他虽也这般毫无遮挡地站在阳光下，身上却清爽至极，甚至还能隐隐约约闻到一丝清淡的梨花香。

就在阿雪发愣之际,他的声音再度幽幽响起:"既然你不服,那便再蹲一个时辰。"

阿雪简直欲哭无泪,唉声叹气道:"我觉着师尊您一定是在公报私仇。"

玄溟弯唇露出一排雪白的牙,笑容可掬:"对呀,谁叫你是我徒弟。"

这日子简直没法过了,阿雪哭丧着脸,期期艾艾:"师尊,您就说实话吧,我是不是无意中得罪过您?"

玄溟拍拍她脸颊:"哪有的事,为师不过是看你不顺眼罢了。"

阿雪:"……"这话简直没法接。

瞧见阿雪一脸吃瘪的表情,玄溟心情越发愉悦,嘴角抑制不住地向上扬了扬,旋即,他又想到了什么似的:"今日就到此为止,下不为例。"

简简单单一句话犹如天籁般动听,蹲了足足半个时辰的阿雪两条腿都直不起了,万分扭曲地在那儿挪啊挪。

也不知是玄溟今日大发善心,还是课程就是这般安排的,他竟头一次免去了阿雪的杂活。

听得此消息,阿雪几乎就要惊叫出声,连声夸赞道:"您可真是全天下最好的师尊!"

玄溟笑而不语,一双水光潋滟的桃花眼直勾勾地盯着阿雪。

通常被玄溟这么盯着就准没好事,阿雪心中咯噔一下,心想这货又在打什么鬼主意。

果不其然,这个念头才从脑子里冒出,玄溟这厮便朝阿雪阴恻恻一笑。

阿雪一抖,双手捂胸,道:"您……您要干什么?"

玄溟眉峰一挑,笑意不减:"为师带你讲道去。"

阿雪下意识后退一步,摇头似拨浪鼓:"不不不,我……"

余下的话压根就没机会说出口,只见玄溟笑得越发妖冶:"怎么,不愿与为师去?"

那拖得老长老长的尾音听得阿雪小心肝直颤,忙不迭地摇头,话说得那叫一个铿锵有力、中气十足:"不不不,徒儿愿意,徒儿愿意,徒儿太愿意了!"

玄溟面上笑意终于有所收敛:"既然如此,便与为师来。"

话音已落,阿雪仍戳在原地纹丝不动。

玄溟眼波一横,又是一声诘问:"还愣着做什么?"

阿雪两腿仍在打战,哭哭啼啼地说:"师尊……徒儿腿麻走不动。"

"麻烦。"玄溟两道斜飞入鬓的眉微蹙,袖袍翻飞间,阿雪已然被他打横捞入怀中。

清浅的梨花香扑鼻而来,阿雪的心跳仿佛漏了一拍,脑子里突然空白一片,没来由地就想起了昨夜那场荒诞离奇的梦。

她忙摇头晃脑将那些杂乱无章的思绪赶出自己脑海,拽着玄溟雪白的袖袍,期期艾艾道:"您是我师尊,这样不好吧?"

玄溟一声冷哼:"你这么丑,怕甚?"

"……"阿雪又觉得这话没法再接,随之便是身体一轻,她竟被玄溟举起,像扛麻袋似的扛在了肩上。

风胡乱地刮,灌了阿雪满嘴,饶是如此,她仍是不服气地张嘴道:"你不是说我丑,所以没关系?怎么现在又觉得有关系了?!"

阿雪等了半晌都未能等来玄溟的回复,还想再说话,又被强行换了个姿势。

这次她像只鸡崽子似的被玄溟一路拎着御风而行……

·第十二章·

> 她这是倒了八辈子血霉
> 才摊上这么个阴阳怪气的师尊。

　　这是一方弯月形水潭,前有瀑布高悬,后有乱石林立。

　　数百条不足十米宽的瀑布自万丈山峰垂落,水声轰隆犹如雷鸣,溅起的水雾腾飞数十米,浸湿半山坡上一整片绯红的桃林。

　　说起来也是奇怪,点苍山上桃花随处可见,却不见半棵梨树,玄溟却无端染了一身清浅梨花香。

　　然而此时并不是阿雪思索这些事的时候,一路过来被玄溟这般折腾,阿雪胃里早就翻江倒海,甫一落地,便吐了个天翻地覆。

　　呕吐物自然污秽不堪,玄溟这厮也是奇怪,一面皱着眉头嫌弃,一面又不肯离开,非要戳在那儿,动作僵硬地拍着阿雪的背,末了,还满脸不情愿地塞给阿雪一块手绢。

　　终于吐干净的阿雪生无可恋地擦了擦嘴,一副要死不活的样子盯着玄溟的眼睛,由衷地道:"师尊您说实话吧,咱俩一定是前世有仇对不对?"

　　玄溟面无表情地抽走手帕，微微眯着眼睛，一点一点凑近。

　　阿雪脑子犹自一片混沌，并未发觉玄溟正在朝自己逼近，待到反应过来的时候，玄溟的脸已然近在咫尺，这样的距离，她甚至都能感受到他鼻腔里呼出的热气。

　　阿雪又是一愣，旋即缓过神来，下意识地将头撇开了些。

　　也就在这时候，玄溟的声音方才缓缓响起："唔，深仇大恨。"

　　阿雪并不是一个会刻意去记住别人声音的人，却不知怎的，第一次听到玄溟的声音时，便莫名觉得耳熟。

　　这样的语调、这样的声线，仿佛在何处听过一般，当她闭上眼睛在脑子里细细回想时，却又找不到任何踪迹。

　　于是，阿雪只能将这一切都归咎于这个声音太过好听，以至于连向来记不住熟人说话声的自己都能念念不忘。

　　阿雪此时的表情颇有些迷茫，看似迷糊，脑子里却一片清明，兀自思量着玄溟所说之话的真假。

　　想着想着，阿雪突然打了一个冷战，倘若自己前世真与玄溟有仇，那又该如何是好？

　　此时的阿雪正纠结着，丝毫不曾发觉她家师尊又在作妖。

　　眼看玄溟就要贴上阿雪的脸，他却在这个关键时候骤然停却，而后猛地起身站起，突然与阿雪拉开近五米的距离，双手负背，白衣飘飘，俨然一个不苟言笑、风华绝代的西方天帝！

悠悠转过头来的阿雪正纳闷着,诘问的话语尚未说出口,就见不远处婆娑花影间,一队素手执白银托盘的仙娥款款而来,纷纷屈膝朝玄溟行礼。

阿雪嘴角微微抽搐,直至那群仙娥走远,方才道:"徒儿有一言非说不可!"语罢,略作停顿,直至玄溟眼神瞟了过来,她方才继续道,"徒儿想知道,是否还有人知晓师尊人前人后两张脸?"

常言道,好奇害死猫。

阿雪不是不知这个道理,可她偏生就克制不住自己。

问完这个问题的她只觉松了口气,复又提起一口气,慌得很。

其中滋味,可真叫一个刺激。

阿雪如此紧张,也只换来玄溟弯唇一笑。

他直勾勾地望向阿雪,话音里带着笑意:"自然只有徒儿你一人知晓。"顿了顿,眼波一转,竟于顷刻之间就换了神色,连带声音都阴冷了几分,"所以,一旦暴露,便就是徒儿你泄露的。"

这一刻,阿雪仿佛被人兜头泼了盆结着冰碴儿的冰水,一路从头冷到了脚底,抖了几下,半晌才出声:"世上怎会有您这般可怕之人。"

却不料她声音压得再低,玄溟都能听到,又神色莫名地扫她一眼,道:"对,为师就是这般可怕。"

阿雪暗骂自己没事多什么嘴,赶紧眼观鼻鼻观心,盘腿坐在自己所踏的这块石头上。

　　玄溟也没了继续折腾阿雪的意思,竟也这般随意地盘腿坐在了她对面,开始讲那些令人昏昏欲睡的天地大道。

　　此时阳光恰好穿透假山上那满树繁花的枝丫,星星点点洒落在阿雪完美无瑕的左半边脸上。山间又拂过一阵微风,掀落几瓣娇嫩桃花,打着旋儿地落在阿雪脸颊上,两相对比,阿雪的脸颊被衬得越发白皙。

　　阳光晒在身上暖暖的,她挺翘的鼻尖渗出几滴晶莹的汗珠,两腮亦微微泛着粉色,竟是比那绯红的桃瓣还要明媚几分。

　　玄溟不知何时也已停下讲道,单手支颐,凑近了去捻那瓣桃花。

　　无论是微凉的娇嫩桃花瓣还是玄溟温热的指尖,擦过阿雪脸颊的时候都有种异样的痒,不知所以的阿雪恰在这时候睁开了眼,只见玄溟的脸与自己隔了不到两个拳头的距离……

　　玄溟整张脸就这般不期然地映入了阿雪深褐色的瞳仁里。

　　四周水雾氤氲,几不可见的细小水珠纷纷扬扬落在阿雪与玄溟发间,阳光穿透乱石与满树繁花,拉出极长极细的线,丝一般紧密缠绕在两人身边。

　　阿雪有些惊慌失措,投影在她瞳仁里的那张脸亦有着一瞬间的失措。

　　阿雪甚至开始怀疑,这会不会又是另一个梦。

　　可梦会这般真实?

　　她不禁感到怀疑,也就在这时候,玄溟眼中犹如星光一般散开的柔情却骤然沉入眼底。他抚上阿雪脸颊的手不禁加重了几分力道,竟直接捏起她脸颊上的肉，皮笑肉不笑地道："竟敢当着为师的面打瞌睡，嗯？"

"……"所以，她方才果然又在做梦，这才是现实啊！

不知怎的，阿雪心中竟有些失落，哭丧着脸道："这次又要蹲马步还是怎的？"

玄溟托腮沉思片刻："就罚你替为师做顿饭。"

"啊？"阿雪揉了揉眼，自言自语道，"这个梦该不会还没醒吧？"

玄溟压根就不会给阿雪多余的时间来思考，超过两瞬都未得到回复，便直接扛走了她。

迎面刮来的风不由分说地灌了阿雪满嘴，阿雪甚是无奈地想，兴许她家师尊的业余兴趣爱好就是扛东西。

阿雪这次来玄溟寝宫发现又有不同。

这次，她竟发现玄溟宫中花园内有株硕大的梨花树，枝干遒劲，花枝茂盛，足足有二十来米高。如此硕大的梨树，阿雪还只在琅琊山上见过，那时，微醺总爱倚在梨花树下喝酒，而她则窝在微醺怀中酣睡。

她越看越觉得这株梨树眼熟，待她皱眉沉思之际，玄溟已然分花拂柳而来，且不动声色地往她怀里塞了个竹篓，篓中整整齐齐码放好各色食材及调味料。

对此，阿雪只觉头大，娇生惯养如她又怎会做饭？

奈何师命不可违，阿雪只得硬着头皮上。

当玄溟看到她将冬瓜切成两指厚,油都不加,直接下锅时,眉毛几乎都要拧成一团麻。

当玄溟看到她把油当水来加,哗啦啦一把倒入白烟滚滚的铁锅里,霎时腾起半米高的火苗时,终于将锅铲从她手中抢走,顺便拯救了她那就要被烈火给烧秃的头发,冷声道:"走开!"

阿雪揪着自个儿被烧焦的发尾,很是委屈地退至一旁,眼巴巴地瞅着玄溟来收拾残局。

可别看玄溟总是一副白衣飘飘、不食人间烟火的模样,做起饭来却也毫不含糊,动作利索一气呵成,不过一炷香的时辰,便已做出两荤一素。

全程围观的阿雪看得眼睛都直了,在最后一碗汤出锅的时候忙拍手称赞:"师尊您可真厉害!"

阿雪这声夸赞可是发自内心的。

很久很久以前,她也曾缠着微醺,让他亲手给自己做顿饭吃,结果却换来他一手的刀伤,甚至,还险些将厨房给烧了。最后做出的菜也都焦黑如炭,只有中间一小团能勉强入口,纵然如此,她吃完之后仍喝了足足两大盆水。

自那以后,阿雪便绝了让微醺给自己做饭吃的念头,而做饭这种事在幼小的她看来,是比上战场还要更壮烈的事。

玄溟一声冷哼,十指交错间一碗热乎的汤已然被盛入碗中。

鲫鱼汤乳白,鱼肉嫩如凝脂,一点细碎青葱撒落其间,馥郁浓香引得阿雪直咽口水。

精心装盘的玄溟直接甩来一个眼角飞刀,左手端汤盅,右手拎着阿雪的衣领,一路将其拎至参天梨树下。

梨树下有一方檀木小几,两端分别铺上蒲团,远远望去倒也有几分雅致。

第一次单独与玄溟用膳的阿雪内心无疑是忐忑的,可一碗鲜滑鱼汤下腹,让她立刻忘却"恐惧"为何物,一连两碗鱼汤下腹已然忘乎所以,吃一口菜摇头晃一晃,末了还神神道道地举头望天,盯着满树繁花,直道奇怪。

玄溟耳朵尖得很,阿雪声音虽小,却通通一字不差地落入他耳中。

手中夹菜的动作一顿,他道:"怎么?"

阿雪赶紧摇头,又低头夹了一筷子菜,含混不清地道:"没怎么。"

玄溟掷下玉箸,眉尖一挑。

阿雪见之连忙咽下那口菜,脸上堆起笑意,忙不迭地道:"师尊手艺真好,徒儿简直太幸福了。"

玄溟扬起的眉明显在听到这话的时候落了下去。

阿雪低下头,暗戳戳地吐了吐舌头,继续低头扒饭。

玄溟神色如常地瞥了阿雪一眼,才道:"为师在人间历劫时曾孤苦无依,想要不饿死,只能自己亲自动手。"

阿雪才不管玄溟做凡人的时候会不会被饿死,仍低头猛扒饭,还不忘敷衍着:"真惨啊。"话是这么说,却依旧吃得很是欢快。

玄溟神色却骤然冷却，又不知哪根筋搭错了，突然抢走阿雪的碗，道："为师过得那般惨，你还吃这么多，嗯？"

"……"阿雪此时完全不知该用什么语言来形容自己的心情，只能仰头望天来表达自己的无奈。

玄溟却连仰头望天的机会都不想给阿雪，直接挥手赶人："饭吃完了还待在这里作甚，还不走？"

再心有不甘，再觉得自己委屈，阿雪也只能一脸愤愤不平地往自己住处走，心想着，她这是倒了八辈子血霉才摊上这么个阴阳怪气的师尊。

第十三章
我对他的感情又何止如此……

夜幕降临,烛火摇曳,褪尽衣衫的阿雪像条水蛇似的贴着光滑的石壁一路滑到浴池底,以七七四十九味香料煎成的浅褐色浴汤瞬间将其淹没,清浅的波纹在其肩胛骨的位置轻轻晃,无端引人遐想。

当水波晃至第十三次的时候,阿雪终于发出一声喟叹。

与此同时,浴池外传来一阵清脆叩门声,原来是有仙娥奉玄溟之命给阿雪送药膏来了。

阿雪很是意外地挑起了眉,那仙娥盈盈一福身,笑靥如花:"此药乃是帝君特意从西王母那儿讨来的,是件相当了不得的好东西,堪称祛疤养颜圣物。"

正所谓拿人手短吃人嘴软。阿雪今日可谓是既吃了玄溟的又拿了玄溟的,再有怨怼也消了大半。她擦净身子后,乐滋滋地将药膏挖出,均匀涂抹在受伤的脸上。

不知真是此次药有奇效还是阿雪总在挂念这件事，翌日起床照镜子，竟真觉得自己脸上的疤淡了不少。

做早课时，阿雪笑嘻嘻地去向玄溟道谢。

人多的时候，玄溟总是板着张讨债脸，很是无所谓地道："算不上稀罕货，随手翻出来的罢了。"

他说这话的时候，聆兮神君不禁抬头瞥了眼，若没记错，那东西可是师尊当初连夜从西王母那儿取来的，稀罕到连西王母都不大情愿拱手送人，四海八荒统共也就那么两三盒。

阿雪知道玄溟刀子嘴豆腐心，当下也没说什么，只一个劲儿地笑。

直至阿雪的三位师兄纷纷退出大殿，玄溟方才起身，朝阿雪翻了个白眼。

阿雪今日心情格外好，连带玄溟的这个白眼，她都觉得顺眼至极，随后她又被拖去昨日听道的那处水潭。

阿雪不明白在大殿中讲道与在水潭间讲道有何区别，于是就问："师尊，您为何总带我来这里讲道？"

玄溟像是翻白眼翻上了瘾，冷哼一声，道："为师喜欢。"

"好吧。"阿雪莫名觉得这当真是个简短却又令人无法反驳的理由。

这次听道阿雪难得没睡着，打起精神认真去听，倒也听出了些趣味来。

玄溟讲完今日这一章，她还有些意犹未尽地盘腿坐在原地冥想。

然后就听到玄溟明显在调侃的声音:"还不走,难不成又想去我那儿蹭饭?"

这突如其来的声音吓得阿雪即刻睁开了眼,忙摇头道:"不不不。"

她本还想再说些什么,却隐隐瞧见水潭中有乌龟在缓慢划行,于是她"咦"了一声,俯身趴在水面张望:"原来你这水潭里养了这么多的乌龟。"说着又觉奇怪,"可是,你为何要养这么多乌龟呢?莫非是喜欢喝王八汤?"

"我就是喜欢。"玄溟没好气地道,"莫非你有意见?"

阿雪即便是有意见也只能说没意见,赶紧摇头,摇完头又忍不住地点头,打量玄溟几眼,目光再落至那群傻头傻脑的乌龟身上,道:"徒儿愚钝,还是不明白,师尊为何会喜欢乌龟?"

瞧见玄溟面色不对,阿雪只得又解释道:"徒儿的意思是,如师尊这般风姿的当只能以芝兰玉树来相配……"

玄溟却死活不肯松口,又冷哼一声:"本座就是喜欢,你又当如何?"

阿雪自然管不了这么多,之所以会问也只是因为好奇罢了。说起乌龟这种东西,她幼时也曾养过,还是从西王母那瑶池里偷出来的。正因为养过,她才更觉奇怪,不明白玄溟怎会喜欢乌龟这等傻乎乎的动物。

当然,她也不打算继续去问,反正玄溟这厮总这么阴阳怪气,人家不主动去找她晦气,她也没必要自己凑上去。

日子就这般平平淡淡地过下去,阿雪脸上的疤痕越来越淡,在其脸上疤痕完全消失、脸光洁如初之际，玄溟恰好收到一封来自昆仑山的邀请函。

得知这消息的时候，阿雪正趴在菱花水镜前细细端视自己的脸。

手托请柬的仙娥耐着性子与其解释。

原来昆仑山上有位上神娶妻，特意差人送请柬宴请玄溟师徒五人。

请柬被阿雪妥帖收好，又有几位仙娥分别托着盛放了衣饰及胭脂水粉的托盘放置在阿雪梳妆台上。

眼见那些仙娥纷纷躬身退去，一直服侍阿雪的那位青衣仙娥方才道："帝君对仙子可真上心。"

这话听来并无任何不妥，阿雪心中却有种说不出的异样感觉，旋即又想，师父对徒弟好乃是天经地义的事，便只是微微一笑，并未正面去接那位仙娥的话，任凭她折腾自己。

凭良心来说，阿雪当真生了副顶好的皮囊。

从前与微醺在一起疯惯了，从未好好收拾过自己，而今被人这般细细收拾装扮，简直是惊掉了一屋人的眼珠子。连向来对其不屑的瑾年都一副见了鬼的表情，直嚷嚷着："你也能这般好看！莫不是扒了谁的皮穿在身上了？"

阿雪一个白眼翻过去："老娘天生丽质，从前你只是瞎而已！"

瑾年亦不甘示弱地反驳："哟？夸一声还能上房揭瓦了？"

两人还要接着斗下去，却见不远处花丛抖动，一抹煞是惹眼的素白就这般不期然地撞入众人眼帘。

一时间所有人皆身形一顿，纷纷往那头望去。

在福身行礼的那一瞬，阿雪脑子里不由自主地冒出这么个念头——

"他怎都不换衣服，天天一身白，赴宴参加别人的婚礼也不嫌晦气。"阿雪心中这般想着，莫名其妙就轻声念了出来。待到她发觉自己失言已经为时已晚，所幸此番玄溟距离她尚且有些距离，该听不到这细若蚊蚋的唠叨声才是。

阿雪一番自我安慰，待到众人皆起身之际，她方才发觉玄溟已然近在咫尺。

她一声惊呼卡在喉咙里，面上仍残留着惊慌之色，未能做出任何反应时，玄溟便朝她勾了勾指头，示意她与自己共乘一车。

她虽是妖，却也晓得这些个神仙最是注重礼节，当下便疑惑得很，她一个女弟子怎好与师父共乘一车？二人不同辈且不说，其间的男女之别就够人嚼一辈子舌根了。

想是这般想，阿雪却没胆子说出来，更何况在场之人皆神色如常，指不定点苍山上民风比神界寻常地方都要来得彪悍，她若是提出异议，反倒显得她忸怩作态。

阿雪便是带着这样的疑惑在仙娥的搀扶下上了马车。

这是一辆以整块白玉切割雕琢而成的马车，内铺雪白兽皮，正中间还摆了一方实木小几，上设青铜缠枝牡丹沉香炉，轻烟袅袅升起，又缓慢散开。

正值此时,车外恰有一阵长风掠过,掀得车窗两侧的绿色帷幔款款摇摆。

阿雪兀自盯着窗外一株铃兰发呆,殊不知此时玄溟亦目不转睛地盯着她的脸。

车厢内檀香清雅,却不及玄溟身上的梨花香来得清冽,甫一钻入阿雪鼻腔,便立刻拉回她飘飞的思绪。

她有一瞬间的迷茫,玄溟却眼波轻挑,似笑非笑。

猝不及防间,他竟薄唇轻启,开口便道了句:"为师每日都要换衣服。"

阿雪听到这没头没尾的话,一时只觉莫名其妙,压根就没反应过来。

愣了许久,她方才明白玄溟究竟在说什么,忙觍着脸道:"师尊您是不是喜欢白色呀?为何每日都穿一身白?"

纯属没话找话说的阿雪压根就没想过玄溟能正儿八经地回复自己,岂料他竟一本正经地说:"因为有人喜欢。"

阿雪脑子转得快,忙接:"啊,原来师尊您也有爱慕之人呀!"

玄溟不答反问:"怎么不可以?就准你有爱慕之人,不准为师有?"

阿雪一时语塞,讷讷道:"我才没有……"

玄溟几乎要在这个问题上与阿雪杠上,突然又刻意压低了嗓音道:"那微醺又是什么?"

突如其来的诘问让阿雪不得不沉默,这个问题她也一直都在问自己。

她与微醺之间究竟是什么？

是师徒？是父女？是兄妹？又或者说是爱侣？

不，统统不是。

这样的沉默衬得车内格外寂静，而玄溟的耐心也正一点一点被磨去。

他的眉头越皱越深，在他即将开口准备放弃之际，阿雪忽而笑了。那笑仿佛比浮动在玄溟周遭的梨花香还要清浅，然后她说："从前我也以为自己不过是爱慕他而已，而今我才终于明白，我对他的感情又何止如此，凌驾男女之情之上，就像女儿对父亲，妹妹对哥哥，徒弟对师父……而今还多了一份愧疚……"

玄溟不再言语。

阿雪却再也止不住话匣子，一番感慨后又问玄溟："你怎知道这么多我与微醺之间的事？"

玄溟这才抬起眼帘，声音淡淡地回道："该知道的时候你总会知道。"

此后，两人一路无话，阿雪就这般满脑子疑惑地与玄溟一同抵达昆仑山。

昆仑山不比点苍山灵毓娟秀，光是一座偏峰都有数万丈高，更遑那直冲云霄的昆仑主峰。

自古以来，昆仑一脉便是德高望重的上神聚集之地，寻常修为的小仙来此地总会有些头晕目眩和轻微的不适感，阿雪倒是身强体壮得很，一路走来，莫说头晕目眩，一口气爬了这么长的石阶，连脚都不疼。

玄溟几番侧目，又几番将欲说的话压了回去。

半个时辰后，点苍山师徒五人方才抵达位于主峰顶峰处的大紫明宫。

大紫明宫乃是紫微大帝在昆仑山上的行宫，今日便是他与昆仑山上古神君连碧神女成婚，设宴宴请诸天神佛。

阿雪自不知这些，甫一踏入大紫明宫便被迎面走来的仙娥带去厢房小憩。

夜里还有一场彻夜不歇的盛宴。

第十四章

那些被掩埋在深处的记忆一旦被人挖出来，
便是惊天骇浪……

　　阿雪向来不喜欢参加这些无聊的宴会，与聆兮共坐一席的她心无旁骛，只顾埋头苦吃，完全分不出心神来搭理其他事物。

　　摆在她面前的珍馐就要被扫空之际，阿雪往嘴里塞美食的动作一滞，突然感到一道森冷目光如箭一般射来。

　　她放下手中牙箸，凝目朝那方向望去，只见一群衣着华丽的舞姬拈着水袖款款而入，丝竹声响起，渐渐盖过觥筹交错之音，阿雪摇摇脑袋，垂下双眸细细嚼完盘中最后一口。

　　阿雪兀自盯着厅中舞姬发呆，又有仙娥拖着长长的裙摆施施然而来，躬身为她再添上一碟菜。

　　"蛏子性凉，仙子莫要贪吃才是。"

　　正欲重拾牙箸夹蛏子吃的阿雪又是一愣，心道："这仙娥倒是体贴。"

　　头尚未完全抬起，眼角余光便瞄到那"仙娥"的模样……

这哪里是服侍人的仙娥，分明就是枯月！数年前突然出现又突然消失的枯月！

一瞬间，阿雪太阳穴突突直跳，而枯月脸上那抹笑仍凝在唇畔："别来无恙，阿雪。"

最后两个字被枯月特意咬重了音，细细品去，竟有种咬牙切齿的意味。

连一旁单手支颐认真观舞的聆兮都不禁朝枯月所在的方向看了一眼，道："原来是枯月仙子。"

即便多年前阿雪便是栽在枯月身上，她也仍不知枯月的真实身份，而今的枯月竟不知为何又能重回神界。

思及此，阿雪眉心微蹙，再没心思去听枯月与聆兮的寒暄。

火辣的日头早已沉下西山，一轮银盘似的明月缓缓攀上枝头，沐浴在月华下的五色丹木花渐渐舒展开娇嫩的花瓣，阵阵微风拂过，空气中弥漫着醉人的芬芳。

阿雪所坐之席位于天窗之下，恰有银白月华穿过雕花天窗，团出点点斑驳柔光，细细碎碎洒了阿雪一身，为其本就娇艳的容貌再添几分圣洁和神秘。

枯月悄无声息地来，又悄无声息地离开。

再度拉回阿雪心神的，是那哀怨缠绵的歌声。

"湛湛露斯，匪阳不晞。厌厌夜饮，不醉无归……湛湛露斯，在彼杞棘,显允君子,莫不令德……"甜美却略带幽怨的歌声和着从指尖缓缓流淌出的悠扬琴音,如怨如慕,如泣如诉,一首欢快明亮的曲子硬是被唱成了哀怨悱恻的情歌,余音袅袅,不绝如缕,带着扰乱人心的魔力,蛊惑着殿中每一个人。

阿雪盯着殿中朗声高唱的枯月,目光里犹自带着疑惑。

尚未想出个所以然来,那歌声便戛然而止,一曲罢,枯月莲步轻移,踏着细碎的步子,款款走至阿雪身旁,唇畔挂着一抹不明所以的笑,低声询问道:"这位仙子以为枯月唱得如何?"

阿雪甚是无奈,这枯月还真是阴魂不散。

纵然万般不愿去搭理那枯月,阿雪此刻也不得不耐着性子去搭她的话,道:"仙子嗓音甚妙,就是把这曲子唱得哀怨了些,不像是在颂扬,反倒像是在诅咒。"

"是吗?"枯月用衣袖掩唇,娇媚一笑,"既然如此,这位仙子不如献上一曲,好叫枯月明白如何才能唱出那颂扬之情。"

阿雪是个五音不全的,才不想没事搬弄,忙不迭地摇头:"仙子歌喉如此美妙,阿雪又怎好班门弄斧。"

一般人听了阿雪这番话大抵都不会再去强求,而这枯月显然就是刻意来为难她的,皮笑肉不笑道:"这位仙子不必如此谦虚,快唱一曲吧!"

一语落下,一旁乐得看热闹的瑾年也笑嘻嘻地接口:"师妹可知过于谦虚便是自傲?"

阿雪算是服了瑾年,真是一找到机会就死咬着她不放,狠狠瞪其一眼后,她又朝高坐主席之上的玄溟投去求助的目光,而他却直接视阿雪为空气,眼神幽幽暗暗投在枯月身上。

阿雪磨了磨后牙槽,心道:一个个都不是好东西!

旋即,她眸中精光一闪而过,巧笑倩兮,盈盈而起。

她不顾众人的目光,信步走入大殿正中央,闭上双眼,凝声清唱:"湛湛露斯,匪阳不晞。厌厌夜饮……"她声音本就显清冷,唱起歌来更是寒冰碾碎玉般空灵冷然,虽未唱出明快之感,却是唱出一番苍凉古朴的质感。

奈何,上天早就注定阿雪真不是个唱歌的料,三句过后便完全找不到调:"不醉无归……湛湛露斯,在彼丰草。厌厌夜饮,在宗载考。湛湛露斯,在彼杞棘,显允君子,莫不令德……"

她的声音在"湛湛露斯,在彼丰草"的尾音处旋转旋转再旋转,一个转音愣是被她唱得比山路十八弯还曲折,后又在"湛湛露斯,在彼杞棘"处猛地拔高音调,犹如在山路十八弯中绕得头晕眼花时突然蹦出一只扯着嗓子、发春般乱号的野猫,最后结尾的地方早就没气了,尾音唱得断断续续要死不断气的。

这曲《湛露》当真是被阿雪唱得声容并茂,生动形象,杀伤力之强大堪比魔音,也亏得在座之人皆是修为颇深的上神,才得以勉强支撑。

阿雪一曲唱罢,整个大殿万籁俱静,连殿外丹木花飘落,砸在地面的沉闷声响都听得一清二楚,怎一个静字了得!

不顾众人惊愕的目光,阿雪雄赳赳气昂昂地迈步回自己的座位,继续慢吞吞地食着桌上美食。

吃到一半,阿雪方才发觉殿中气氛不对,抬眸看见殿中之人皆用一种怪异的眼神盯着自己,当即放下手中牙箸,眨巴眨巴眼,很是无辜地道:"说了不能班门弄斧呀,枯月仙子逼得急,你们又都不阻止,我也是没有办法呀!"语气中透出一种深深的无奈,仿佛自己吃了多大的亏一样,让在座之人听了皆有种想冲上去掐死她的冲动。

见众人吃瘪,阿雪心情大好,执起牙箸,吃得越发欢畅。

枯月不甘心地瞪了阿雪一眼,皮笑肉不笑地道:"仙子当真是可爱得紧!"她贝齿紧咬,可爱俩字几乎是从牙缝里蹦出来的。

"非也非也。"阿雪赶紧摇头,一脸谦虚,"枯月仙子怎能这样夸阿雪,只有那些既不漂亮又不温柔也不聪慧的女子才用可爱来形容。对阿雪这般智勇双全、天资聪颖的仙子岂能用可爱二字?!"

枯月冷笑:"仙子倒是风趣。"

仿佛看厌了这场闹剧,与三方帝君一同端坐高台之上的玄溟双手轻轻一击,在侧殿静候多时的舞姬便纷纷鱼贯而入,和着丝竹之音翩翩起舞。

阿雪才没心思看人跳舞,肚子也填饱了,只觉越发无趣,索性端着一杯百花露跑去殿外赏月透气。

岂知阿雪前脚才落地,枯月后脚便跟了出来,一路阴恻恻地盯着阿雪。

原本悠闲地趴在栏杆上赏月的阿雪忽觉后背一凉,猛地一回头,只见枯月正幽幽地注视着自己。

她满脸警惕地注视着枯月,没好气地道:"你究竟要做什么?"

枯月不答反问:"你为何这般怕我?我还能对你做什么不成?"

阿雪懒得搭理她,端着百花露便要往殿中走,岂料下一瞬枯月竟猛地扑了上来,直往阿雪身上撞,而阿雪手中的百花露就这般准确无误地全泼在枯月身上。

阿雪仍维持着原来的动作,眉头皱得紧紧的。

枯月却在这时低声啜泣:"枯月真不是刻意让仙子在殿上出丑的,仙子为何就不能原谅枯月?"若说前面一句话还是在低声啜泣,后面一句简直哭得声嘶力竭,哭音还未完全落下,就已成功吸引殿内所有人的目光。

阿雪依旧无任何动作,眼中透出的厌恶越发深。

她先前还想着枯月的计谋何时变得这般拙劣,原来是个连环计,还有大招留在后面!

枯月哭声越凄厉,阿雪挂在嘴角的讥讽越深刻。

在枯月有所消停的时候,阿雪一脸不知所措,惴惴不安地抱着琉璃杯,像只受惊的小白兔一般道:"你……你乱说些什么呢,这样,大家都会误会我故意将百花露泼在你身上,可明明是你自己撞上来的,否则,我还能将你推翻在地,再泼百花露不成?"

阿雪因背对着大殿,故而一语落下便又朝枯月露出个嘲讽的表情。

枯月几乎不敢相信自己的眼睛，她不曾料到短短几百年，阿雪就已成长到这种地步。

在她晃神之际，阿雪已然上前一步将其搀扶起，却趁机附在她耳朵边上，冷声道："你以为我会在同样的地方跌倒两次不成？"

枯月只觉背脊发凉。

阿雪却自始至终都笑意盈盈："摔疼了没，可要我扶你进去歇歇？"

阿雪没等来枯月的答复，一个熟悉而又陌生的声音突然横插进来——

"你……可是阿雪？"

阿雪浑身一颤，定定望向那个声音的主人，菱唇一弯，笑容清浅，仿佛风一吹就能散。

殿内靡靡丝竹之音扰乱繁杂心绪，神思恍惚的阿雪猛然收回心神，定定望向那霞帔披身的女子，颔首微微一笑，道："连碧神女别来无恙。"

时隔千年，阿雪从未想过会在这种情况下再遇连碧神女，更是不曾想到今日成婚之人竟是连碧神女。

不单单是阿雪，就连端坐高堂之上的三方帝君都大感意外，他们只知紫微大帝要娶妻，却不知他要娶之人竟是连碧神女。

世人皆知昆仑山连碧神女苦恋鲲鹏大妖神而不得，守了他近万年，他却葬身于千年前的那场战乱。千年后，守了他万年的女子终究还是放下执念，嫁作他人妇。

在座的知情者不胜唏嘘。

连碧神女倒是已释然，她的目光轻轻落在阿雪脸上，放软了嗓音问道："这些年，你过得可还好？"

当年谁人不知鲲鹏大妖神微醺疼一个小姑娘疼上了天，连天地间最后一只玄武都能被他讨了去给小姑娘当妖宠来养。

琅琊山覆灭那日，阿雪便已失去踪迹，仿佛天地间再无这个少女的存在。

连碧神女尚在感叹，阿雪便已微笑着与她道："这些年，我过得很好。"

连碧神女听罢，微微颔首，她与阿雪之间本也就这么点交集，既然阿雪活得好好的，她也无须再多说什么。

她提着裙摆昂首跨过门槛，并未发觉缩在一旁瑟瑟发抖的枯月。

连碧神女的婚典与其他神仙并无不同，与凡间习俗大相径庭，无须拜高堂，只需一拜天地。

丝竹弦乐渐渐响起，阿雪抿了一口醇香百花露，目光在人群间游走，试图再度寻到枯月的身影。

结果非但没能寻到枯月半个影子，反倒被玄溟阴阳怪气地盯了半晌，她不禁打了个冷战，寻了个空当，暗戳戳地溜到自己的厢房休憩。

今夜格外嘈杂，阿雪躺在床上翻来覆去，无论如何都睡不安稳，她突然之间想起了从前的事。

那些被掩埋在最深处的记忆一旦被挖出来，那便是惊天骇浪般……

卷二：此间少年

·第一章·

很久很久以后，
她方才知晓这个男子名唤微醺……

阿雪曾与碧取说过自己是乌鸦精，实则并不然，确切来说，她的元身乃是三足金乌，形似乌鸦，却又多出一条腿，乃是承上古妖皇帝俊之血脉。

然而这些阿雪都不知道，自有记忆以来，她便生活在一个嘈杂而拥挤的乌鸦窝里，以至于让她一度以为自己的元身就是只乌鸦，还是凭空多出一条腿，变异了的那种。

正因她的与众不同，又比寻常乌鸦多出那么些慧根，她便很是自傲地觉着，除了她自己，身边的乌鸦们统统都是蠢货，连带将她生出、使其孵化的雌乌鸦亦如此，更遑那群毛都未长全、整日就只知道张开嘴嗷嗷抢虫子吃的小乌鸦。

某个天朗气清的日子，阿雪和往常一样，看见果子就扑上去抢，看见虫子就往自家兄弟姐妹那边踢,酒足饭饱之余,缩着三条腿趴在乌鸦窝里欣赏风景,倒也算是悠闲自在。

也正因她比寻常妖魔多出了一条慧根,才导致她整日想太多,不论看什么都能展开一堆乱七八糟的联想。阿雪栖身的这株树不算太高,却因立于高山之巅而营造出一种高处不胜寒的凄清之感。

胡思乱想的时间过得格外快,眨眼又近黄昏,外出觅食的雌乌鸦再次归来,阿雪却是颇为失望,只因这次雌乌鸦带回了一条肥嫩的青虫。雌乌鸦微微松喙,一条肥嫩的大青虫子便骨碌碌滚到阿雪脚下。

阿雪很是嫌弃地睨了肥虫一眼,就直接把那造孽的虫子踢到如狼似虎的雏鸦中间,然后,竭尽所能地趴在乌鸦窝边缘,尽量离它们远些。

果不其然,她做出了个明智的选择。

肥嫩青虫甫一落地,就有好几只凶神恶煞的乌鸦你争我抢地死按着肥虫不放,几番撕扯下来愣是溅了一窝的青虫黏液。

阿雪早就对这等"血腥残忍"的画面习以为常,只要不把那黏糊糊的黏液溅到她身上就成。阿雪趴在乌鸦窝边缘兀自想着。

岂知下一刻,那只得胜的乌鸦竟十分嘚瑟地叼着开膛破肚的青虫抖了几下,那一抖当真是犀利至极,将青虫身上最后一滴"精华"直甩向阿雪。

"抖,抖个屁啊……"顺利躲开青虫黏液的阿雪身子一翻就滚出了乌鸦窝。

当时正逢寒冬腊月,空中纷纷扬扬下着鹅毛似的大雪,在地面铺成厚厚一片，一脚踩下去足以淹没小腿肚。

下坠的过程中不断有冰凉的雪花擦过她毛茸茸的身体，最终一头栽进棉花似的积雪里。

彼时的阿雪身上羽毛虽已长齐，却仍是冷不丁打了个寒战，艰难地在积雪中挣扎着，意欲改变自己仰面朝天的现状。

成功就在眼前，奈何天不遂人愿，眼看阿雪迈着三条小短腿就要爬出雪地，半路竟杀出一只穿着黑色暗纹皂靴的脚，不偏不倚恰好踩在阿雪的第三条腿上。

"嘎——"

一声撕心裂肺的鸟鸣声突然响起，阿雪屈着另外两条完整的腿，几乎痛到要昏厥。

在意识即将消散之际，她迷迷糊糊地感觉到自己正被一双温暖的大手轻轻覆盖，隔绝了彻骨寒冷的冷意，空气中隐隐浮动着清浅梨花香……

那是她昏迷前最后的意识。

阿雪再次醒来已是三天以后的事。

她被人踩伤的腿上细细缠着绢布，身下堆叠着云一般蓬松柔软的物什，似棉花，触感却又更为细滑。

阿雪无法乱动，只得抻长了脖子四处打量。

"小家伙，醒了？"突然出现的朗润男声打断了阿雪的动作。

她小小的身体赫然一顿，良久才勉力扭着脖子朝声音所在的方向望去。

彼时的阿雪尚且年幼，灵智亦未成熟，自然不会晓得何谓美何谓丑，纵然如此，她仍是痴了一般盯着那人的面容，半晌回不过神来。

她从不晓得一个人该有何等的容貌才能够被称之为美人，却无比坚定地认为，美人就该如他一般。

他眼尾很长，微微上扬，勾出个令人生叹的优美弧度，带着几分媚态，却又不显女气，一双琥珀色的眼里时时刻刻都盛着笑意。

阿雪犹自发着呆，他温暖的指腹便已揉上她毛茸茸的小脑袋，声音仿佛比天空飘过的白云还要柔软："可还疼？"

阿雪其实很想在他手指上蹭蹭，大声说自己早就不疼了，发出的声音却是他所听不懂的："嘎嘎嘎……"

瞧着眼前美人一脸疑惑的模样，阿雪不禁有些黯然，心想人家都听不懂，你还乱叫个什么。

阿雪越想越觉心殇，毫无察觉自己已然被那人捧起，凑在眼前端视。

待到她发觉之时，那人的脸已近在咫尺，然后他弯了弯眼，道："你可是在说不疼了？"

那一刹，窗外恰有一阵长风袭来，漫天花瓣纷纷洒落，随着微风飘摇，偶有几瓣花瓣穿过了窗格，一路飞来，轻轻柔柔地扫过那人的脸颊，悠悠然覆盖在阿雪毛发尚未长齐的小脑瓜上。

就在这时，一股莫名的情绪突然自阿雪心中层层荡漾开，幼小的她只觉自己的心犹如被蚜虫啃食一般，有着微微的疼痛，却又痒得无以复加。

　　阿雪不知自己究竟是怎的了，犹如喝醉了一般，脑袋是昏沉的，眼睛是迷离的。

　　良久以后，她方才意识到，那人正在用覆了一层薄茧的指腹揉自己尚未长全绒毛的脑袋。

　　这时的阿雪灵台尚未清明，却被他眸中光华所吸引，定定地趴在他掌心呆呆凝望着，连呼吸都忘了，险些溺死在那片连绵不绝的桃花海。

　　很久很久以后，她方才知晓这个男子名唤微醺，是她一生中最美好的回忆，亦是她一辈子都无法触及的存在……

　　时间不顾一切地向前冲，转眼已过二十年。

　　二十年说长不长，说短也不短，阿雪却依旧是只三条腿的"残疾"乌鸦，但她不再似二十年前那般懵懂，对这个世界一无所知。

　　她逐渐能听懂晦涩难懂的语言，弄清自己所处的环境，知道她在的地方是座名唤琅琊、妖魔遍地的上古神山。

　　说琅琊山妖魔遍地倒是一点也不夸张，在这里随便踩到一株草，它都有可能立马化成人形，劈头盖脸地把你骂上一通。

　　那场梦一般的邂逅只停留在二十年前，自那以后，阿雪再未见过微醺。

　　时光在阿雪不分昼夜地混吃混喝中飞快流逝。

　　再见到微醺那日正逢三月三，恰是梨花盛开的好时节。

琅琊山上的妖精依旧聒噪，野猪精那一家子也终是不负众望地又生了一窝猪崽子。

那日，微醺换了身袖口绘了几枝银色梨花的玄衣，凤目含情，笑意盈盈地把阿雪托在掌心，还十分恶趣味地在阿雪脖子上系了条红艳艳的绸带，仔细端详一番，甚是满意地问在一旁精心准备贺礼的婢女，道："本座的小乌鸦长得可标致？"

得到婢女附和的微醺越发来劲，抓着阿雪又是一番蹂躏，方才捧着阿雪道："走，本座带小乌鸦混吃混喝去。"

八只野猪崽子的满月宴不似阿雪想象的那般觥筹交错、歌舞升平，而是一堆衣饰华美的妖精在望不到尽头的梨花林中随意地围坐成一圈，圆圈中间两株不知名的藤蔓相互缠绕，交织成一个巨大的摇篮，摇篮中八只刚满月的猪崽子睡得正酣甜。

野猪精夫妻俩望着身后堆积如山的礼品，简直笑成了两朵喇叭花。

微醺一入席便开始有一搭没一搭地和一旁的妖精扯谈。

阿雪只是一只口不能言、手不能写的乌鸦，还能指望她干什么，自是趴在微醺身前的矮桌上大快朵颐。深知阿雪是个吃货，每次从外边回来，微醺都会带些奇特的果子供阿雪打牙祭。

他这次带回的是生在极北之地的赤炎果，赤炎果色泽红润、脆嫩多汁，形似樱桃却无果核，实乃阿雪这等无牙者的绝佳口粮。

赤炎果看似小巧玲珑，其间所蕴含的火灵力却不容小觑。原本一日顶多食用五颗，却因微醺的疏忽让阿雪一连吃了好几十颗。

胃被撑到极限的阿雪终于满足地打了个饱嗝，一动不动地趴在桌上消食。

她上眼皮粘下眼皮，将睡未睡之际，忽而有一阵热流自腹内升起。热流一路蔓延到四肢百骸，阿雪只觉自己全身滚烫，活像一只被人架在火堆上反复灼烤的肥鸟。

阿雪张开嘴想大声叫喊，却干渴得发不出任何声音，只能趴在桌上痛苦地来回滚动。下一刻，似有一道白光在她脑中炸开，她全身上下的骨头以极快的速度生长、重组。

阿雪所感受的有一个世纪那么漫长的重组过程，在旁人看来不过几个呼吸间。

疼痛越发剧烈，像是被人丢进粉碎机不停地搅动，又像是有无数个小人在她体内拿着锤子拼命捶她的骨头……难以言喻的疼痛感一波接着一波翻涌而来，阿雪疼得连发出声音的力气都没有，最终承受不住地陷入昏迷。

耀眼的白光自她体内涌出，灼得人睁不开眼。

微醺还在与那些妖精高谈阔论，并未发觉阿雪的异常，待到发觉异常之时，阿雪已从乌鸦化作人形。

在座之人皆是一惊，白光消失之后，乌沉沉的檀木矮桌上却是无端多出个粉雕玉琢的少女。她年纪虽小，却已初露倾城之姿，宛若泼墨的头发蜿蜒缠绕，黑色的发与白皙的皮肤相映衬，勾勒出一幅举世无双的美人春睡图。

时间仿若静止,梨花纷纷砸落,叩击在泥地上,好似在演奏一场惊心动魄的生死序曲。

兴许是微醺都不曾料到他的小乌鸦会这么快化成人形,也不知过去多久,方才敛回心神,抱住已然化成人形的阿雪拂袖而去。

微醺甫一离开,宴会上就炸开了锅。

或是讨论阿雪那小小年纪便能拥有颠倒众生的容貌,或是讨论阿雪那差到极点的资质。

越是强大的物种,幼年期越是长久,是亿万年来天地间不变的规律。

妖族亦然如此,于妖族而言他们的幼年期便是化成人形前的那段时间,化形化得越晚日后的造诣越高,反之,化形化得越早,越说明你是个废材。

琅琊山上均为血统高贵的妖族,连百年化形的废物都未曾出现过,如今倒好,一来就来个二十年便化形的绝世废妖。

"你们……你们都没发现那只小乌鸦化形的时候没有雷劫吗?"一个脸蛋清秀、水仙花般楚楚姿态的女妖怯生生开口,却是一语惊起千层浪。

·第二章·

她心底其实一直都藏了个秘密，
只是，这个秘密决计不能叫微醺知道了去。

得知自己已化为人形，阿雪第一反应便是低头看自己是否凭空多出一条腿，发觉自己只有两条腿的阿雪拍拍胸口，终是松了一口气。

于常年用三条腿行走的阿雪而言，突然少了一条腿竟有些不习惯。

屋外落花缠眷，纷纷扬扬，下了一场又一场剔透的梨花雨。

隔着连绵不绝的香雪海，阿雪眼尖地看到斜斜倚在梨花树下独酌的微醺。

玄衣孤寂，墨发铺散在草地上，雪白梨花落了一身他都未发觉，常年弯成两道新月的凤眼怔怔望向前方，似在看远处堆彻成雪的梨花，又似是透过梨花看着某个人。

在阿雪出现在视线里的一瞬间，他突然扬起嘴角，眸中光华骤然重现。素白梨花和着缠绵悱恻的春风擦过他的脸颊，阿雪愣愣地站在原地，瞧见他张开双臂，柔柔道了声："阿雪，过来。"

阿雪心中千回百转，最终还是被那声音所蛊惑，挪动双腿，步步靠近。

"微……微醺。"阿雪薄唇微启，含混不清地吐出她在心中念过无数次的名字。

她一声微醺唤得极寻常，被她所唤之人却是身子一僵，好一会儿才缓过神来。他双眼逐渐清明，嘴角含着些许笑意，温温润润道了句："醒来了？"

只会说"微醺"二字的阿雪只得傻乎乎地点头。

微醺一声轻叹，拍了拍柔软的草地，道："坐下来吧。"

阿雪依言坐下，微醺右手抬起，施法在空中写下两个字："微醺，这是我的名字。"

微醺二字消散，又凝成另外两个字："阿雪，这是你的名字。"

阿雪歪着脑袋，口齿不清地跟着念："微醺，阿雪。"

流光容易把人抛，红了樱桃，绿了芭蕉。

转眼又是一年春，琅琊山上繁花似锦，一片花红柳绿，唯独微醺所居之地梨花堆积似雪，放眼望去一片皓白，再无其他颜色。

微醺依旧很少回琅琊山，唯独梨花盛开的季节时会提上一壶酒，独自坐在那株遮天蔽日的洁白梨花树下垂眸浅酌壶中酒，一饮便是大半个月。

彼时的阿雪并不晓得微醺壶中暗藏乾坤，总是疑惑着，为何小小一壶酒能让微醺饮上大半个月，却又怕微醺说她傻，不敢问出来，只能瞪大了眼，一脸迷茫地望着。

这已是阿雪化作人形的第五个春天，她在一点一点长大，正是需要学习的年纪，所幸微醺两个婢女一个擅文一个擅武，倒也省了替阿雪四处奔走寻找师父的工夫。

那日微醺又在梨花树下饮酒，只见远处花枝颤动，一个粉雕玉琢的小团子迈着短腿，一路跑来。

微醺眼尾一挑，似笑非笑地望着那嘴嘟得高高的团子，柔声道："又是谁惹我家丫头生气了？"

那个粉雕玉琢的团子自然就是阿雪，微醺都这般说了，她仍是一副气鼓鼓的模样，气呼呼地叉着腰，道："还不是你惹我生气，我才不要叫阿雪呢！这个名字非但难听得紧，也没任何美好的寓意，一听就是乱取的嘛！"

微醺搁下酒壶，笑声闷在胸腔里，弯着眼捏了捏阿雪肉乎乎的小脸蛋，开始一本正经地胡说八道，意图误导年少无知的幼妖："这名字多好呀，怎么就没美好的寓意呢？我本就是在雪地中捡到你，彼时我还踩了你一脚，你初见我时发出的第一个音节又是"啊"字，结合在一起可不就是阿雪了？"

阿雪仔细想了想，突然觉得很有道理，并未追究彼时的她尚是只乌鸦，发出的第一个音节本该是"嘎"字才对。于是，在微醺的一番误导下，稀里糊涂地就认了这个名字，以至于在她真正长大以后每每回想起这件事，都觉得悔恨无比……她当年怎就这般好骗！

见阿雪不再在这件事上继续纠结,微醺又揉揉她的脑袋,耐着性子询问她课业学得如何。

阿雪脑袋摇得像拨浪鼓,愁眉苦脸,一张肉乎乎的小脸皱得像霜打蔫了的茄子:"不好,一点也不好,我既不喜欢背诗写字,也不喜欢舞刀弄剑。"越说,声音压得越低,腮帮子依旧是鼓鼓的,眼尾却往下垂着,看起来就像只耷拉着耳朵的兔子,委屈极了。

微醺瞧她这期期艾艾的模样只觉有趣,不由得起了逗弄她的心思,装出一副为难的样子,道:"这可怎么办呢?我替你再换个更厉害些的师父如何?"

阿雪嘴嘟得越发高了,几乎可以挂下一个油瓶:"我才不要……"

微醺强行忍住笑,努力让自己看起来显得严肃正经:"你若不学这些,以后又该如何在这世上立足呢?别的妖怪都会来欺负你的呀。"

阿雪委屈地垂着小脑袋,盯着自己的鞋尖,半晌以后,方才道:"可我还有你呀,有你在,别的妖怪就都不敢来欺负我了……"

她的声音很小很轻,又断断续续,纵然如此,仍是一字不漏地落入了微醺耳朵里。

他有一瞬间的失神,过了许久,方才悠悠叹了口气:"傻丫头,我又不常在你身边,怎这般依赖我?"

阿雪低头默不作声,她心底其实一直都藏了个秘密,只是,这个秘密决计不能叫微醺知道了去。

往年微醺总会在梨花落败之时离开琅琊山，再次归来就成了不定数，这次也不例外。

阿雪依依不舍地抱着微醺的胳膊，低声询问着："你下次又是何时回呢？会不会又像去年那样，一整年都不回，非得等到琅琊山上的梨花都开了再回来？"

微醺不明白，阿雪这般年幼的小姑娘为何会用如此悲伤的语气与自己说出这样的话，一时间竟有些舍不得抛下她。

他眼波一转，道："那你可愿与我一同去昆仑山赴宴？"

彼时的阿雪虽不知昆仑山在何处，何为赴宴，却晓得她若答应了，便又能与微醺在一起，于是点头如捣蒜，前一瞬还愁眉苦脸，下一刻便绽开了笑靥："好呀，好呀……我要去，我要去！"

看着眼前小小的人儿展颜欢笑的模样，微醺嘴角亦不知不觉浮出了笑，有什么东西正悄无声息地在他心底生了根。

出发前，微醺的婢女在替阿雪梳妆打扮，微醺仍提着酒坐在梨花树下小酌，两眼怔怔地望着前方，不知究竟在想着什么。

未过多久，落尽繁花的梨树枝头又是一阵轻颤，一个小小的身影像箭一般奔来，直射入微醺怀中。

微醺一个晃神，险些将壶中酒洒出，弯唇望着将头深深埋入自己怀中的阿雪："傻丫头，又怎么了？"

阿雪扭着小小的身子在微醺怀里蹭蹭，声音里带着些许娇嗔："微醺，我不想梳头发。"

她一语落下，捏着犀角梳的婢女恰好气喘吁吁跑来，毕恭毕敬地躬身与微醺行了个礼。

平日里微醺对阿雪也算骄纵，她不想读书便不读，不想学妖术便不学，反正有他在，她即便什么都不会也吃不了亏。

而今却是要去昆仑山上赴宴，披头散发的着实不像话。

他又是一声轻叹，接过婢女手上的犀角梳，细声细语地与阿雪说："今日可是去昆仑山上吃蟠桃，诸天神佛都会来赴宴，你这披头散发的成何体统？"

阿雪知道微醺不会责怪自己，笑嘻嘻地与他说："我才不要'提桶'呢。"

微醺佯装生气，轻轻拍了拍她肉乎乎的脸颊，耐着性子替她梳头发。

小姑娘的头发很软很细，不好绾成髻，微醺的手也不够巧，最终只扎成两个小揪揪顶在头上。微醺托着阿雪的脸仔细端详着，又从婢女手中抽出两根红色绸带系在阿雪的小揪揪上，终于满意地点了点头。

从未走出过琅琊山的阿雪一路都觉得新奇，叽叽喳喳地与微醺说个不停。

不到半日，两人便抵达昆仑。

昆仑山高数万丈，不见繁花似锦，四处云雾缭绕。

来之前阿雪本还万分期待，到了才知晓这个蟠桃宴究竟有多无聊。

高台之上有秃了半边顶的尊者滔滔不绝地讲着自己的道，阿雪抱着颗足有自己脑袋大的蟠桃窝在微醺怀里昏昏欲睡。

阿雪听不懂道实属正常，微醺却也是一副将睡欲睡的模样，与阿雪一同眯着眼，小鸡啄米似的晃着脑袋。

眼看阿雪就要进入梦乡，头顶忽而传来一道冷冽女声："微醺，许久不见！"

那一瞬间，阿雪只觉如坠冰窖，仿佛被人兜头淋了一桶冰水，全身汗毛都要竖起。

她于慌乱之中睁开了眼，下意识循着声源传来的方向望去，这一眼只见到俏脸寒霜的绿衣神女直勾勾地望向微醺。

足有两瞬之久，那神女方才发觉阿雪的存在，凛冽目光从头至脚将她扫视一圈，尚未开口说话，微醺便已睁开眼，轻轻地在她脸颊拍了拍："若是觉着无趣，便出去逛逛吧。"

不容置疑的语气，阿雪根本就无选择的余地，更何况，那个绿衣神女的眼神着实让她不舒服，于是乖巧地点头，抱着红彤彤的桃子牵着微醺唤来的仙娥，慢吞吞走开。

身后传来微醺懒散的声音："别来无恙，连碧神女。"

第三章

不论阿雪还是那小玄龟，
都是她招惹不起的。

阿雪犹自头昏眼花着，纵使被仙娥牵着一路往瑶池边上走，仍是未能完全睁开眼睛。

而今明明正值初夏，瑶池里的芙蕖却开得烂漫至极，放眼望去一片绯红，连碧绿的荷叶都被遮得严严实实，露不出一丝绿意，煞是吸人眼球。

荷香悠长，越远越香，凑近了反倒没什么味道。

阿雪吸吸鼻子，盯着满池芙蕖发呆。

原本平静如画的水面忽而泛起一阵涟漪，无端吸引了阿雪的注意力。

原来是从池底游来了一只浑身漆黑的小玄龟。

阿雪眼睛一亮，瞬间清醒，目不转睛地盯着那只悠闲划水的小玄龟。

兴许是她的目光过于炙热，那只本该慢吞吞划水的小玄龟竟抬起头来，用一双黑豆子似的小眼睛瞅了她一眼。

不知究竟是阿雪想太多了还怎的，她竟从一只乌龟绿豆大小的眼睛里看到了郦夷——

于是，阿雪越发来劲了，趴在池边，笑盈盈地道："小乌龟，你也很无聊吗？"

小玄龟才懒得搭理她，依旧慢吞吞地划着水。

阿雪不放弃，又问："那小乌龟你吃桃子吗？这可是蟠桃呢，微醺说，吃了能增寿的！"

也不顾那小玄龟是否将她的话听进了耳朵里，她抱着蟠桃便啃下一大块，用手捏着放到小玄龟嘴边。

大抵是嫌弃那桃子上沾着阿雪的口水，小玄龟却是看都不看蟠桃一眼，一爪子划过去，整块蟠桃便裂成了两半。

阿雪愣了许久，方才缓过神来，眼睛越发亮了，由衷地道："小乌龟，你可真厉害！"

"……"小玄龟直接扭头就走。

阿雪急了，又啃下几块蟠桃，丢进水里："小乌龟你别走呀！"

话音才响起，小玄龟游得越发快了，眨眼就没了影子。

阿雪很是颓废，一边啃着蟠桃一边叹气："神仙姐姐，小乌龟是不是嫌弃我呀……"

立在一旁的仙娥也不知该如何回答阿雪，只得抿唇浅笑。

蟠桃宴连开三日，每日都有不同的神仙去那高台上讲道，而那个名唤连碧的神女则像生了根似的，整日黏着微醺。

阿雪既不想听道，也不想看到那可怖的神女，索性天天跑来逗小玄龟。

起先小玄龟还会对阿雪露出嫌弃的眼神，后来干脆直接缩进壳子里，连头都不愿伸出来。

兴许是深刻意识到自己的口水会遭到小玄龟的嫌弃，这次阿雪改用小刀削蟠桃，切出薄薄的片，用手指捏着，在小玄龟头顶乱晃。

不知究竟是想让阿雪赶紧走，还是对没沾染阿雪口水的蟠桃感兴趣，那小玄龟竟破天荒地伸出头来咬住了蟠桃，慢条斯理地啃着。

阿雪乐得几乎要栽进池子里，蓄谋已久的小手轻轻在小玄龟脑袋上摸了摸。岂知，她才触碰上小玄龟的脑袋，那货一双绿豆大的小眼睛竟凶光毕现，张开嘴，直接一口咬在阿雪食指上。

尖锐的疼痛感顺着食指一路蔓延至全身，阿雪都被吓蒙了，愣了好一会儿才想起自己该将那小玄龟甩开。可是小玄龟咬住了便不肯松口，阿雪一连甩了好几下，它都死死地"黏"在阿雪食指上。

阿雪又急又痛，眼泪水顿时就流了出来，抽抽噎噎地与背对着自己的仙娥道："神仙姐姐，我被咬了。"

那仙娥一门心思扑在蟠桃宴上，本就不大情愿带阿雪出来玩，看到阿雪被小玄龟咬到时更是急得险些就要昏厥。

不论阿雪还是那小玄龟，都是她招惹不起的，若是其中一方有任何差池，她都担不起这个责任。

就在她脑袋乱成一团麻之际，小玄龟竟然被阿雪给甩晕了，"扑通"

一声栽进了池底。

阿雪捂着不断流血的食指，停止了哭泣。

那仙娥的心几乎是与小玄龟一同沉入了池底。

要知道，这小玄龟可是大有来头，否则又岂会被西王母养在瑶池里！

瞧那仙娥不顾一切地往池子里跳的凶猛模样，阿雪还以为自己闯祸了，把心提到嗓子眼，战战兢兢地问了句："小乌龟会不会死了呀……"

事实证明，凶猛到能咬人食指的小玄龟不会柔弱到哪里去，阿雪话音才落，小玄龟便挑衅似的浮出了水面，继续用那双绿豆小眼鄙视阿雪。

下水捞小玄龟的仙娥松了口气，阿雪不禁露齿一笑："瞧不出你这么小，还挺顽强的嘛！"

小玄龟才懒得搭理阿雪，兀自划着水优哉游哉地游远。

仙娥湿漉漉地从瑶池里爬出，完全顾不上自己身上还滴着水，连忙给阿雪施了个法诀，使其伤口愈合了，方才分出心来弄干自己的衣衫，却再也不想搭理阿雪这个小鬼，面色不大好看地与阿雪道："这里没什么好玩的，我送你回去。"

阿雪虽不大懂事，却也晓得自己拖累了人家，纵然还想继续玩，也只能作罢。

甫一回席，微醺瞧见无精打采的阿雪便皱起了眉，还未来得及询问她究竟是怎的了，就发现了她食指上的伤，一对斜飞入鬓的长眉皱得越发紧："你这手指是怎么回事？"

阿雪尚未开口说话，那仙娥就已"扑通"一声跪下，忙不迭地道："奴婢有错！是奴婢的疏忽！"

微醺眯了眯眼，有寒气在其眼中游走，并未来得及发作，身侧便传来一声娇叱："贱人，这点小事都做不好，要你何用！"

换作平常，连碧并不会这般动怒。

仙娥抖如糠筛，阿雪看了只觉不忍，摇摇微醺的手臂，撒娇道："微醺你别怪她了，是我自己的错……"

微醺深知连碧的性子，知道这种事即便由自己出面也改变不了什么，便索性直接带着阿雪离开，来个眼不见为净。

彼时的阿雪又岂会知道那仙娥究竟会遭遇什么，微醺肯带着她走，陪她一同玩耍她便觉开心。

临走的那日，阿雪食指缠着厚厚的绢布，又偷偷跑去看那只小玄龟。春末夏初的阳光最是和煦，晒在人身上暖暖的，几乎都要昏昏欲睡。

阿雪蹑手蹑脚地跑来瑶池时，那小玄龟正懒洋洋地趴在石头上晒太阳。

阿雪手中端着盘切得又薄又均匀的蟠桃肉，挑了片看上去最甜美的放在小玄龟嘴角，万分不舍地道："小乌龟，我今日就要离开了，你会不会舍不得我呢？"

小玄龟听罢，终于赏脸地睁开了眼，看看阿雪皱成包子似的小脸，又看看她手中晶莹多汁的桃肉，勉为其难地抻长脖子咬了一口。

只一口就叫阿雪笑开了花，她眼睛弯成两道月牙儿："其实你也舍不得我对不对！"

小玄龟听罢，连忙停下动作，以表示自己对阿雪的嫌弃。

阿雪却觉得它在用这种行为表达对自己的不舍，二话不说便抱起小玄龟，往自己兜里一塞："那你和我一起回琅琊山吧！"

小玄龟："……"

阿雪不知自己偷走了小玄龟后，昆仑山上究竟乱成了什么样。

回到琅琊山后，她特意找来一个浅盘来养小玄龟。

这本该是个秘密，可却才偷偷摸摸做完就被微醺发现。

他只对阿雪道了句"下不为例"，便差人去昆仑山与西王母通报。

阿雪悬着的心终于落了地。

微醺在琅琊山才住了不过三日，又突然消失。

阿雪倒也不似从前那般伤心，整日围着那只小玄龟转。

小玄龟依旧那副傲娇样，始终对阿雪爱答不理。阿雪逗弄半天无果，很是忧伤地趴在桌上道："微醺又走了，都没人陪我玩，连你也不理我。"

琅琊山上的幼妖，要么还是兽形，要么已是少年人的模样，如阿雪这般长得像五六岁稚童的实属罕见，以至于大家都不愿与她一同玩耍。除此以外，更关键的还在于微醺这层关系，所有妖都敬畏微醺，对阿雪这个小豆丁也只能是当菩萨一般地供起，每户人家的家长私底下都语重心长地与自家崽子说："你们可都悠着些，千万莫伤到那阿雪，咱家可赔不起！"

长此以往，阿雪生得再可爱，也都没别的妖来找她玩。

别的妖不主动，并不代表阿雪会就此坐以待毙。

她见小玄龟不搭理自己，微醺的婢女们又在忙东忙西，或是准备晚膳，或是修剪花枝。

阿雪深深叹了口气，只得抱着小玄龟去找别的妖怪玩。

首先被阿雪找上的乃是雀族公主，她才化形不久，若从化形后来计算年纪，倒算是整座琅琊山与阿雪年纪相差最小的一个。

今日恰逢九月九。

正所谓六为阴，九为阳，九月九，日月并阳，两九相重，故为重阳。

阿雪甫一踏入雀族，便有混着淡雅菊香的糕点味涌入她鼻腔，她微微眯着眼，深吸一口气，转而加快步伐向前走。

整个雀族都在忙活着蒸重阳糕，雀族公主见到阿雪，忙笑着端出一碟刚出蒸笼的热腾腾的重阳糕摆在阿雪面前，除此，还不忘差人调了盅百花露给她润喉。

雀族公主还有一堆的事要忙活，无暇搭理阿雪，阿雪折腾了这么久，也只是从一个地方换到另一个地方吃重阳糕。

她倒是随遇而安并无任何怨言，一边掰碎了重阳糕喂小玄龟，一边怡然自得地看着雀族族人来回忙活。

一碟重阳糕见底，半天不见人影的雀族公主终于再度现身，然而她一来便是下逐客令。

阿雪也不是不知道人家这般含糊其词不过是为了催促自己赶紧回家，可家中并无微醺，纵然回去了，也无趣得紧。

思及此，阿雪索性厚着脸皮道："我不想回去，想与你们一同出去玩。"

雀族公主很是犹豫，她这番出行是准备带着自己族中几个姐妹一同去凡间走走，带上阿雪倒也不是什么难事，只不过……阿雪若是出了什么差池，可怎么与微醺交代？

雀族公主一再犹豫，又经不住阿雪撒娇装可怜，只得作罢。

第四章

小小的人儿越想越觉世态炎凉，哭得一双眼睛都肿成了核桃。

人间的繁华并非阿雪所能想象。

她如今所处之地乃是人世间最繁华的长安城，头插茱萸的凡人们三五成群，手中提着菊花酒，一路高谈阔论。

从未见过如此繁华景象的阿雪连眼睛都不敢眨一下，别说是她，就连她怀里的小玄龟都一改懒散的形象，睁着一双绿豆小眼四处张望。

短短一日的时间，雀族公主就已带着阿雪将整座长安城玩了一番。

眼见日头就要落下西山，尚未玩尽兴的阿雪只得依依不舍地与雀族公主一同回琅琊山。

路上那几个从未见过人间繁华的雀族族人还在叽叽喳喳说着今日的所见所闻。

阿雪嘴角亦始终挂着笑，心想，什么时候让微醺再带自己来人间玩一玩就好了。

阿雪牵着雀族公主的手，亦步亦趋地往回琅琊山的方向走。

小玄龟大抵是乏了，趴在她掌心一动不动，偶尔伸伸小脑袋，仿佛坠入了甜梦里。

阿雪凝在唇畔的浅笑尚未敛去，握住她掌心的雀族公主手掌突然猛地一收紧，然后绷直了身子，遥遥望向西南方。

兴许是她的反应太过突兀和异常，包括阿雪在内的所有人皆顺着她的目光望去。

此时正值日暮，金乌西坠，一半掩在连绵不绝的黛青色山峦之下，一半露在山头，像新剥开泛着油光的亮红咸蛋黄。

大地一半归于沉寂，一半仍沐浴在夕阳的残辉里。

不知从何时开始，阿雪的视线中出现了纤细的菊瓣，且随着时间的推移越来越多，霎时，天地间只余一片金黄。

雀族公主也是个初出茅庐的雏妖，不曾知晓究竟发生了什么。

正所谓事出反常必有妖，就在众人皆晃神之际，菊花瓣越飘越密，仿似一场金色菊花雨，与之紧随而来的是一道道刺耳的破风声。

直至此时，雀族公主方才知晓，原来有人在此埋伏自己。

一片片柔软菊瓣化作锋利刀刃，直逼面门，雀族公主下意识地将阿雪护在几个族人身后。自己则祭出一尾约莫七寸长的翠羽飞快舞动，弹开不断刮来的菊花刃。

琅琊山上的妖怪虽习的是妖法，却都是正统的上古妖法，不但没有妖邪之气，反倒比如今的仙家法术还要磅礴大气。

金属相击之声不断传来，不给人半刻喘息的时间。

雀族公主妄图以一妖之力来抵抗漫天飞舞的菊花刃，奈何菊花刃越发密集，从四面八方蜂拥而来，任雀族公主手中翠羽舞得如何密不透风，仍被菊花刃刮出大片伤口。

其余雀族族人见之，连忙掐诀，合力撑起一道透明结界，阻隔肆虐的菊花刃，意图护住阿雪。

"呵呵，你这小妖倒是颇有些能耐。"

结界外菊瓣极速旋转，汇成一个身着黄衫、手持千瓣金菊的淡雅男子，他这话听着像是在夸奖，实则神态倨傲，一点都不将雀族公主放在眼里。

雀族公主眸色一沉，一双杏子似的眼冷冷将黄衫男子望着："你是何人，意欲何为？！"

黄衫男子吃吃一笑，目光直勾勾地盯着雀族公主，阴森森地道："本君是来收你身上皮子的！"

这话让人听了着实满头雾水，雀族公主是个急性子，懒得听那黄衫男子说下去，掐了个法诀，直接与其缠斗在一起。

雀族公主年纪虽小，修为却不俗，与那黄衫男子缠斗已久，也不见落于下风，甚至还隐隐有压制之势。

黄衫男子越战越吃力，雀族公主一记杀招袭来……

眼看雀族公主就要取胜,半路却杀出个娘里娘气的黑袍男子。

随着黑袍男子的出现,瞬间阴风肆虐,乌云压顶,清朗的天际顿时阴霾一片。

雀族公主自知不敌,忙削弱自己的攻击,一个侧身躲入自己族人的结界里。

黑袍男子桀桀怪笑,并不打算就此放过她们,他双手飞快掐诀,顷刻间就有阴魂遍天,鬼哭狼嚎之声轰炸于耳畔,听得人脑袋轰轰作响。

"不好,地面裂开了!啊,什么怪东西?!"雀族公主一声惊呼,连蹦带跳地抖开一只摸上她脚踝的干枯腐手。

雀族公主反应尚且激烈,从未见过如此阵仗的阿雪更是吓得连动都不敢动,此时此刻,怕只有她手中的小玄龟一派优哉模样。

人不可貌相,妖亦如此。黑袍男妖看着娘炮,使出的妖法却是犀利至极,只见他双手朝天再次结印,瞬间阴魂大盛,枯叶卷起。漫天阴魂聚集,似黑烟、似盘蛇,扭曲着身姿,汇成一个狰狞可怖的怪头,一路势如破竹,席卷遍地果树,张开血盆大口,桀桀怪叫着扑向雀族公主等妖。

地面如蜘蛛网般裂开,不断钻出残损的肢骸,如潮水般一波又一波涌来,层层叠叠裹住雀族公主,腥风扑鼻而来,雀族公主顿时喷出大口鲜血来。

她深知自己已无法御敌,忙挥舞着手,与自己族人道:"莫要再战了,赶紧撤!"

雀族公主一语落下，她的族人纷纷簇拥而来。

这次与雀族公主一同出行的皆是年纪尚小的妖怪，并无多少实战经验，护住本族公主便忘了自己身后还有个阿雪。包括雀族公主在内的五名女妖一同掐诀施法，小小的飓风自雀族公主指尖滑落，围在她们身边形成一道风暴，不过须臾，五妖便失去了踪影，只剩阿雪一人边抹着眼泪，边抱住自己的小乌龟怔怔地望着那两只凶神恶煞的妖。

她一会儿瞅瞅黄衫男子，一会儿又看看黑袍男子，越看越觉妖生艰难，活着没啥意思。

阿雪觉得妖生艰难的同时，那两只妖亦觉纠结，都不知该不该抓了阿雪带回去。

这货显然就是被抛弃了，即便将她抓回去估计也起不到什么作用，可若是折腾了这么久，什么收获都没有，还真让人觉着憋屈。二妖思忖良久，又瞧着阿雪长得挺不错的，索性将她抓回去得了，年纪小了点也没什么关系，凑合着倒也能用。

那两只妖虽都是公的，却丝毫不懂得怜香惜玉，二话不说就将阿雪敲晕了直接扛走。

阿雪手臂无力垂落之时，即将从她掌心滑下的小玄龟竟一个箭步直蹿入阿雪袖中，速度快到令人咂舌，连那妖术高强的黑袍男妖都未能发觉。

阿雪再度醒来之时已至深夜。

窗外冷月已攀上枝头，惨白的月光穿透窗棂，洒落几点银灰在阿雪尚未干透泪痕的脸上，她浓黑的睫毛与小小的身体一同轻颤，恐惧如影随形，仿似一团化不开的黑墨，深深将她笼罩。

她一边哭一边轻轻念着微醺的名字，念到乏了，又开始胡思乱想：雀族公主会不会也被抓了过来？微醺又是否知道自己被人抓了？若是都没人知道自己被抓去哪儿了，又该怎么办呀？

小小的人儿越想越觉世态炎凉，哭得一双眼睛都肿成了核桃，最后索性连微醺的名字也不念了，边止不住地打着嗝，边像蚊子似的哼哼。

阿雪这一哭又是大半个时辰，某个始终躲在暗处的人终于忍无可忍。

"真是个爱哭鬼，吵死了！"

那是个稚嫩的少年声音，正处于变声的过渡期，虽不似寻常少年郎那样，有如公鸭嗓般难听，却也好听不到哪儿去。

阿雪被这突如其来的声音吓得浑身一颤，即刻满脸慌张地问道："是谁在说话……"

回复阿雪的只有一声极为不耐烦的冷哼，而后便再也没任何声响。

得知并不是只有自己被关在此处，阿雪突然就不害怕了，她试图找到那个声音的主人，却不论如何折腾都找不到半个人影。

钻入她袖口的小玄龟不知何时又爬了出来，慢悠悠地爬至窗棂下，眯着眼睛沐浴月光。

折腾了近一炷香时间的阿雪终于选择放弃，悠悠叹了口气，又将小玄龟托在自己柔嫩的掌心里。

夜色越来越深,一直趴在窗边眺望远方的阿雪眼皮子一点点变沉,终于再也撑不住地歪着脑袋睡着了。

她呼吸悠长,显然睡得极熟。

屋外几乎静到令人心中发怵,不知何时从极远的地方传来细微的窸窣声,那声音虽极轻,却使人头皮发麻,无端就让人联想起了冰冷滑腻的蛇鳞滑过地面的画面。

一直趴在阿雪掌心闭目养神的小玄龟突然睁开了眼睛,自阿雪掌心爬出,沿着她的手臂一路爬至她肩上。

就在小玄龟爬上阿雪肩膀的一瞬间,它身上突然闪现出极其耀眼的光芒。

那光芒犹如无数根泛着银光的针一般齐齐射了出去。

那由远及近的窸窣声稍缓,紧接着便是一阵杂乱的翻滚声,那声音本不大,却因这个夜格外的静而被无限放大。

阿雪犹自睡得香甜,梦中还不忘咂咂小嘴,像是梦到了什么不得了的美食一般。

趴在她肩头的小玄龟身上的光芒更甚,竟然于某一瞬间化成个面如冠玉的黑衣少年。少年年纪不大,十三四岁的模样,眼尾稍稍向上一挑,随手掐了个诀,在睡得像猪一样的阿雪身上加了道护体神光后,方才化作一缕轻烟飘至窗外。

也亏得阿雪此时睡得像头死猪,压根就不知窗外有着这般可怖的玩意儿，否则又得被吓哭。

　　那黑衣少年两道好看的眉微微皱起，他目光所及之处一片苍翠，须得仔细端详了，才能发觉地上密密麻麻铺满了小指粗细的碧青色小蛇，它们的身体犹如翡翠一般，眼睛却是血一般的赤红，正翻涌着游来……

第五章

倘若世上有永开不败的梨花该多好。

不知从何时开始,阿雪便开始睡得不安稳,一会儿梦到屋外拥来一群蛇,一会儿又梦到有人在屋外烤蛇肉……总之,乱七八糟的。

又是一阵嘈杂声传来,阿雪郁闷地翻了个身,顿时困意全无。

屋外虽有黑衣少年在力战群蛇,却也有个别漏网之鱼悄悄滑了进来,猝不及防间阿雪眼前出现了几条绿得像翡翠似的小蛇。

尖叫声才溢出喉咙,紧闭着的大门便轰然倒塌,手握重剑的黑衣少年逆光而来,若不是他此时此刻堆积了一脸的嫌弃,阿雪定然要将他当作脚踏七彩祥云的盖世英雄来对待。

这少年将所有的不满都表现在脸上也就算了,他竟瞥了阿雪一眼,又道了句:"真是个麻烦精。"

阿雪那叫一个委屈,明明她都不认识眼前的少年,怎么就被嫌弃了呢？踌躇半晌，她终于讷讷出声："你是谁呀……还有，我的小乌龟呢？你看见它了吗？它会不会被蛇吃了……"

黑衣少年才懒得回答阿雪的问题，又一脸不耐烦地道了句"女孩子就是麻烦"，然后随随便便施法变了只玄龟塞进阿雪手中，也不再说话，直接蹲身将阿雪背在背上往屋外冲。

阿雪还有话想要说，一张口便灌了满嘴的风，索性就不再说话了，任那黑衣少年背着自己在夜风中穿行。

黑衣少年速度很快，眨眼便已飞出数百米，本欲背着阿雪飞回琅琊山的他在某一个瞬间突然感到一股磅礴的能量波动。

他神色未有多大的变化，却背着阿雪直接落了地。

阿雪不知他又有何打算，正满脸疑惑地望着他，他却顺势在阿雪肉乎乎的脸蛋上掐了一把，粗声粗气地道："丑丫头，不许告诉那只大鸟是小爷救了你，否则，小爷拔光你的头发！"

阿雪犹自沉浸在黑衣少年的恐吓中，还未缓过神来，黑衣少年便已消失不见，原本趴在她手中一动不动的小玄龟恰在这时伸出了头来。

随着黑衣少年的消失，阿雪身上的护体神光亦随之暗淡。

没了护体神光的庇护，那群翡翠色的红眼睛小蛇于一瞬之间就搜寻到阿雪，一波又一波有如潮水般涌来……

阿雪并不知这种看似美丽的小蛇究竟有多可怖。

它们名唤附骨嗜髓蛇，是种只食骨肉不食皮毛的独特怪物，生命力极强，见孔就钻，哪怕只有毛孔那么大的洞都能钻进去。最为可怕的是，它们虽有小指粗细，钻入人肌肤时却无半点疼痛，甚至钻入身体之后一点痕迹都不会留下，悄无声息，教人防不胜防。有些人被附骨嗜髓蛇食空内脏才后知后觉发现自己体内藏了一条蛇。

千钧一发之际，突有一道强大的力量破空而来，阿雪身后的空间被生生撕出一道空间裂缝。

蜂拥而来的附骨嗜髓蛇以迅雷不及掩耳之势散去，袖口绘着几枝梨花的微醺托住阿雪向后倒的身体，眉心皱成一团，点墨一般的眸子里有着难以形容的情绪在疯狂涌动。

"微醺？"阿雪侧头凝视着微醺低垂的眉眼，简直不敢置信，"微醺……真的是你！"

直至这时，微醺方才敛去那些繁杂情绪，缓缓抬起眼帘，道："唔，是我。"

没见着微醺的时候，阿雪只顾着害怕，都忘了要哭，而今一见到微醺，莫名其妙就觉得委屈起来，顿时泪水有如断了线的珠子，一颗又一颗地自眼眶中滚落而出。

"骗子……你这个死骗子……还说要护我一生无忧……呜呜呜……可是我就快死了……我以为你也不要我了……呜呜呜……你们都不要我了……呜呜呜……你这个只会骗人的臭骗子……呜呜呜……难怪……难怪这么大把年纪了……呜……还找不到老婆……呜呜呜呜呜……"

阿雪不但带着哭腔，还大着舌头，后面的话微醺是怎么也听不清了。

他向来不擅长安慰人，只能手足无措地拍着阿雪的背脊，一遍又一遍地说着对不起。

他不说倒还好,一说阿雪哭得越发厉害,她仿佛是想把所有的泪水都在这一次用尽。

微醺颇有些无奈,幽幽叹息道:"我家小阿雪哟……人家哭起来是梨花带雨,润物细无声。你是狂风暴雨,泪水稀里哗啦,天也崩来地也塌。"

阿雪肿着眼睛横了微醺一眼,蛮不讲理道:"我不管,我就是委屈,我就要哭……"

微醺无言反驳,这孩子今夜着实受了很多委屈,思及此,他的目光不禁悠悠飘向东南方,那里有座灯火通明的宅子,前一瞬宅子里两只男妖尚在兴致勃勃地商讨,若用附骨嗜髓蛇将阿雪的躯体掏空了,皮子该先由谁来穿,而今却自食其果,化作两副轻飘飘的皮子任凭附骨嗜髓蛇在其间穿梭。

这样丑陋的事无须让阿雪听到,污了她的耳。

微醺缓缓收回目光,又轻轻在阿雪背脊上拍了拍,柔声道:"我们回家好不好?"

梨花花期向来短暂,即便琅琊山上的梨花整日浸泡在灵气里,也顶多只能开满一个月。

阿雪与微醺归来之时恰逢黎明,浅金色晨光穿透厚厚的云层,轻轻覆在一望无际的梨花林上。

前几日，最高的那株梨树上尚有几朵残花，而今竟一朵也不剩，阿雪心中不禁又泛出些许辛酸，耷拉着脑袋，有气无力地问道："梨花都开败了，你是不是又要走了……"

倘若阿雪没有经历这一遭，微醺或许会毫不犹豫地点头，而今他却有些踌躇了，揉了揉阿雪毛茸茸的脑袋，他嘴角忽而泛起一丝暖笑："不走了，以后我哪儿都不去了，就待在琅琊山上陪小阿雪可好？"

"真的呀！"阿雪的眼睛一瞬间变得极亮，她抑制住自己雀跃的心情，仍有些不敢置信，"你说话可不能反悔，否则会变成乌龟的！"

阿雪一语落下，微醺忍俊不禁笑出声来。

趴在她掌心的小玄龟懒懒散散地睁开眼睛，一脸鄙夷的神色，仿佛在对阿雪刚说出的话表示嫌弃。

正如微醺所说，从此以后，他果真很少离开琅琊山，即便偶尔出去一趟，也力保三日内一定会回来。

日子一天一天流逝，阿雪倒是再未见过那个凶神恶煞的黑衣少年。就在她即将遗忘的时候，黑衣少年又如初见时那般突然出现。

那是个阳光明媚的午后，微醺外出有事，阿雪刚从野猪精家中饱食烙梅酥，准备回家。

据野猪精说，琅琊山上并无此物，须得去千里之外的妖市才能买到这烙梅酥。

本觉此物没什么稀罕的阿雪顿时停止咀嚼，厚着脸皮将最后两块一同讨了去，只为能留给微醺尝尝。

微醺这一趟似乎走得格外久，虽只有四五天，可已经习惯了微醺在身边的阿雪只觉度日如年，恍惚间仿佛已过了四五个年头。

她很是忧郁地望着满枝残花的梨树道："倘若世上有永开不败的梨花该多好。"

小玄龟慢悠悠地伸出了头，一朵凋谢的梨花恰好被风掀落，盖在它光溜溜的头上。它晃晃小脑袋，抖落头上的残花，若有所思地望着阿雪的脸。

从前微醺对阿雪纵容只因深信自己有能力不叫阿雪受委屈，自那件事以后，他终于开始严厉起来，阿雪不读书不识字并无任何关系，却怎么都得学好法术。他无法时时刻刻都待在阿雪身边，阿雪最起码要有足够的自保能力，足以支撑到他赶来救场。

经历过一番生死浩劫的阿雪也不似从前那般吊儿郎当，而今是微醺亲自教她法术，不论如何都得上些心。

微醺不在的日子里，阿雪每日午后都会在那株参天梨树下练剑。

树下突然出现个穿黑衣服的人，正是当日救了阿雪，又将其恐吓一番的黑衣少年。

阿雪本来专心致志在练剑，眼角余光瞥到个不算陌生的身影，再转过头去，却见那黑衣少年在哼哧哼哧爬树。

这株梨树微醺可宝贵得紧,阿雪长这么大唯一一次挨骂还是因为折了这株梨树的树枝。

阿雪可不能看着那黑衣少年这般糟蹋微醺所重视的梨树,忙停止练剑,叉着腰朝那正在爬树的黑衣少年一声怒吼:"你怎么可以爬这株树!快些下来,否则,我可要告诉微醺了!"

黑衣少年听了她的话,非但不下来,反而朝她做了个鬼脸,扫了一眼阿雪手上的剑,又开始对阿雪进行打击:"哟……你这丑丫头竟也会练剑。"

阿雪自小就臭美,最容不得别人说她难看,更何况还是"丑"这样的字眼,当即便怒了,她狠狠瞪了黑衣少年一眼,道:"我才不丑!"她本想再说些话来反驳他,盯着他看了半晌都未能说出个所以然来,只得胡乱补充,"你整日穿着一身黑衣服瞎晃荡才是最丑的!"

黑衣少年自小被宠坏了,向来只有他说人丑的份,哪有人敢指着他的鼻子说他丑,当即便咬牙切齿:"你竟敢说小爷丑!"

输人不能输阵,阿雪亦不甘示弱,仰着头朝他甩了个白眼:"你本来还没那么丑,可谁让你穿黑色,世上最丑的颜色可就是黑色了,你不丑才怪!"

黑衣少年一副浑然不在意的模样:"哼,你整日穿着一身白,跟奔丧似的,也丑!"

"才不是。"阿雪一本正经地反驳着,"白可是世上最好看的颜色,梨花是白的,雪也是白的,我就觉得它最美。"

黑衣少年若有所思，良久，只道出两个字："是吗？"

阿雪懒得搭理他，捏着剑继续去练。黑衣少年觉得无趣，跷着二郎腿不停打击她："就你这模样，怕是练个一万年都练不好。"

阿雪一恨别人说她不美，二恨别人说她天赋差，偏偏今日这两样都叫这黑衣少年给凑齐了。她再没心思去练剑，只想扑上去将那黑衣少年的嘴撕烂。

阿雪一个箭步便冲上梨树，势要将那黑衣少年狠狠揍一顿。

黑衣少年可不是阿雪这种半吊子，即便是有意放水，阿雪一路追在他身后跑，也都险些跑断了气。

眼看天色已转黑，阿雪却是连黑衣少年的衣角都没能碰着。

她要死不活地瘫在树干上喘气，黑衣少年站在十米外的地方笑得见牙不见眼："丑丫头，小爷下次再找你玩，你可不许告诉别人，否则小爷把你所有的白衣服都染成黑的！"

阿雪气得直跺脚："你个坏蛋！我才不要和你玩！"

黑衣少年话音才落，人便已消失不见，也不知有没有将阿雪的话听进去。

·第六章·

他的声音轻到不可思议：
"这是你刻意留给我的吗？"

　　从未受过这种气的阿雪气呼呼地跑回去，前脚才踏进门便听到微醺含笑的声音："咦，究竟是谁把我家小阿雪气成了这样？"

　　阿雪依旧鼓着脸，愤愤不平地道："还不是那个丑……"说到此处突然一哽，莫名其妙就想到了自己所有的白衣服都被染成黑色的画面，她赶紧闭上了嘴，直扑进微醺怀里，蹭了蹭才嗔怪，"你这次怎么去了那么久……"

　　微醺敛下眉眼，揉揉阿雪的头发，失笑道："才五天罢了，你呀，你呀，就是忒爱黏人。"

　　阿雪一声冷哼，又在微醺怀中蹭了蹭，方才眉开眼笑地道："不说这个啦，我有好东西要给你！"

　　都不给微醺反应的机会，阿雪一把从怀里掏出那包烙梅酥，献宝似的放在微醺眼前晃。

微醺嘴角泛起笑涡："这是什么？"

阿雪扬扬下巴，笑意盈盈："你打开就知道了呀！"

微醺听之照做，小心翼翼地将其一层层剥开，最后呈现在他眼前的却是一包长了绿霉的糕点碎屑。

而今恰逢梅雨时节，连琅琊山上都一连下了十来天的雨，直至今日才放晴。

阿雪尚且懵懂，又不知其中缘由，看到自己妥帖藏好的宝贝成了这副模样，一下子就红了眼眶："都不能吃了，可怎么办呀？"

看到她这般无措的模样，微醺的心瞬间柔软到能拧出水来，他的声音轻到不可思议："这是你刻意留给我的吗？"

阿雪停止啜泣，胡乱地点点头，一边轻轻打着嗝一边与微醺解释："它叫烙梅酥，可好吃了……"吃字尚未说完，她就已泣不成声。

微醺既无奈又心疼，动作且轻且缓地拍着阿雪微颤的脊背，抚慰道："怎么就不能吃呢？"他耐着性子挑去发霉的部位，拎起那包细碎的饼块，毫不犹豫地往嘴里塞，眼睛眯成两道弯月，"真的很好吃很好吃呢。"

阿雪终于停止啜泣，仰着脑袋，眼睛一眨不眨地望着微醺："真的吗？"

笑意一点一点沉入微醺眼底，他薄唇轻启，声音犹若天籁："比真金还真。"

翌日清晨，阿雪是被满屋子冷梅香气给勾醒的，她有些迷糊地揉了揉眼睛，灵台尚未清明，就见那黑衣少年又凭空冒了出来，一袭浓墨般的黑衣像利剑一般刺入阿雪的眼。

这下阿雪算是彻底清醒，她冷着一张俏脸，还未出声，那黑衣少年便端起摆放在桌上的一整盘烙梅酥，随手拈了块胡乱地往嘴里塞，边嚼边嫌弃道："味道也就这样，还没昆仑山上的野果子好吃呢。"

这货突然出现乱吃人东西也就算了，竟然还敢嫌弃。

阿雪咽不下这口气，直接冲下床，一路气呼呼地追着黑衣少年打："讨厌鬼，快点还我烙梅酥！"

黑衣少年见阿雪披头散发地追了过来，忙推开门端着烙梅酥往外跑，边跑还边回头朝阿雪笑："就不还！你这丑丫头有本事把烙梅酥抢过去呀！"

阿雪连鞋都顾不上穿，一路赤脚冲了出去。

她这一追又是大半个时辰，途经那株梨树时，微醺恰好长身立于树下。

阿雪眼睛突然一亮，拖着疲倦的身子，一路气喘吁吁地跑过去，抱着微醺的胳膊撒着娇："微醺……那个臭小鬼欺负我,他抢了我的烙梅酥！"

说这话的时候，她的手正指着黑衣少年刚跑远的方向。

微醺顺着阿雪所指之处望去，地上只摆着一盘烙梅酥，哪有黑衣少年的身影？

阿雪见之，忙瞪大了眼："奇怪，他怎么跑得这么快，明明刚才还在的呀。"

微醺并未开口接阿雪的话，若有所思地盯着阿雪先前所指的方向，良久才道:"昆仑山来人接玄武了。"

阿雪越发满脸疑惑:"谁是玄武呀?"

微醺悠悠收回目光,牵起阿雪的手:"玄武就是你的小乌龟呀。"

阿雪"啊"了一声,连忙甩开微醺,一路跑回自己所居的小院。院子里,她的小乌龟正优哉游哉地趴在地上晒太阳。

她顿时松了口气,把小玄龟抱在怀里,分外不舍。

此时微醺已走近,揉揉阿雪的脑袋,试图与她讲道理:"它可是天地间最后一只玄武,将来可是大有作为的,你岂能以一己私欲将它困在这里?"

阿雪像个泪罐子,还未说话,泪水就先流了出来,倔强地摇摇脑袋:"我不,我就不……"

她这话纵然说得没头没尾,微醺也能轻松地猜测出她究竟想要表达什么。他见与阿雪讲不通道理,又换着法子来诱引:"你若是将它还回去,我便马上带你去妖市玩,你看行不行?"

阿雪柔软的指腹不停摩挲着小玄龟的背,听到这话时,禁不住看了微醺一眼:"总听你们说妖市,可妖市究竟是个什么地方呢?"

微醺想了想,道:"那里有很多很多的烙梅酥,还有很多摆摊吃喝的各类妖怪,那里汇集了世间最好玩的东西。"

阿雪眼睛突然变得亮晶晶的,忍不住心生向往:"那究竟是人间好玩,还是妖市更好玩呢?"

微醺一声轻笑:"人间怎能与妖市相比较,自然是及不上妖市的。"

阿雪眼睛里亮起的光又慢慢暗了下去，仍倔强地摇着头："那我也不要送走小乌龟！"

这下微醺是真没辙了，只能道："昆仑山才是小乌龟原本的家，假如有人将你掳走了，不让你回琅琊山，你会不会开心？"

阿雪有些委屈地瘪了瘪嘴。

微醺也不忍去责怪她，又换了种说法："那你怎样才愿意让小乌龟回家呢？"

阿雪想了许久，才道："那你以后可要经常带我去昆仑山看小乌龟，还有……你得娶我！"

前一个要求倒是意料之中，可后一个……微醺简直哭笑不得，一时没忍住，便笑出了声。

阿雪嘟着嘴，眼泪都快流出来了："有什么好笑的……"

微醺听之，忙换了副严肃的神情，道："不好笑，不好笑。"

阿雪斜睨微醺一眼，又问："那你要娶我吗？"

微醺只当小姑娘不懂事，未曾多想，就一口答应了下来："娶娶娶，当然得娶。"

阿雪还觉得不够，又说："那你不但要娶我，还得带我去妖市玩。"

微醺失笑地摇摇头，果然还是个不懂事的小姑娘。

一连折腾了许久，阿雪方才答应将小玄龟还回去。

她用自己柔嫩的指腹不停抚摸着小玄龟坚硬的壳，细声细气地说："小乌龟，你回去一定要乖乖的，若是有人欺负你，记得告诉我，等我以后变得很厉害了,就替你报仇!"

小玄龟无精打采地把头缩了回去,像是在说:谁会让一个跑得这么慢的丑丫头替自己报仇呀。

阿雪愣了愣,又道:"小乌龟,我怎么突然觉得你很像一个人呢……"

小玄龟自然不会回复阿雪的话。

自小玄龟回了昆仑山,阿雪便开始闷闷不乐。

从微醺的角度来看,自己立刻娶阿雪自然是不可能的,只能先带着阿雪去妖市玩。

阿雪年纪尚小,正是容易被奇特事物吸引的年纪。见到妖市的繁华后,她自然而然也就忘了自己前一刻还在为小玄龟的离开而伤心,一路东摸摸西瞧瞧,恨不得叫微醺把所有新奇的玩意儿都带回琅琊山。

两人一路逛一路走,很快便来到冬瓜街。

冬瓜街里最好吃的自然就是烙梅酥,只是要买到这烙梅酥可得花上不少工夫。微醺瞥了眼快要排到巷尾的长队,轻轻拍了拍阿雪的脸:"你去一旁的铺子里坐着等。"

在此之前,阿雪可是从未料到,买个烙梅酥竟得排上这么长的队。她既想吃刚出炉的热腾腾的烙梅酥,又不想让微醺孤零零一个人站在这里等,于是倔强地摇了摇头,道:"我要与你一起等……"

微醺深知阿雪的性子,也不多说,牵着她一同排队。

排队的过程比想象中还要来得长,开始的时候阿雪还会仰着头问微醺还要排多久，到了后头已然困得睁不开眼睛，竟就这般窝在微醺臂弯里睡着了。

她再度醒来的时候，天已黑透。

马车轻晃，车厢里有着醉人的冷梅香气，而微醺则含笑望着她的眼，声音是一如既往的温柔："这下可睡饱了？"

阿雪揉了揉脑袋，这下岂止是睡饱了，脑袋简直都要睡炸了。

她缓了半晌才回过神来，一脸茫然地点点头，又问："微醺，我们现在要去哪儿呀？"

微醺也不知该如何与阿雪解释他们现在要去什么地方，思索片刻，他才道："接下来我们要去一个什么好玩的东西都有的地方。"

阿雪原本迷茫的双眼登时又亮了起来："真的呀？"

马车骨碌骨碌作响，不到半盏茶的工夫，便已停下。

阿雪在微醺的搀扶下兴致勃勃地跳下马车，首先映入她眼帘的是一座气势恢宏的古怪建筑，仿似一头沉睡的巨兽，入口处则是那头巨兽大张的巨口。

看到这样一个庞然大物戳在自己眼前，阿雪一时间有些发怵。

微醺捏捏她的手，贴着她的耳，轻声道："快走吧。"

彼时的阿雪并不知晓，微醺此时带她所来之处乃是一个拍卖场，只要你拿得出钱来，六界内任何东西都能在此处买到。

在一行衣着清凉的女妖的带领下，阿雪与微醺进入了雅间。

雅间内有专人烹茶伺候，视野也比普通席位来得更开阔，最最关键的是，他们用来待客的茶点竟然是烙梅酥。

阿雪眉开眼笑，目光顿时被那整齐叠放着糕点与鲜果的瓜果盆所吸引。

未过多时，拍卖便已开始。

阿雪专注地吃着点心，偶尔瞥一眼拍卖场，看又出现了什么新奇玩意儿。

微醺全程盯着拍卖场，一趟下来淘了不少新鲜玩意儿，大多数都是阿雪不感兴趣的，并且不知微醺拿来究竟有何用处。

她随意瞟了那些玩意儿一眼，又收回心神，专心对付糕点。

拍卖场上再度吸引阿雪目光的是一枝开满莹白小花的枯枝。

台上有人解说，此物名唤养魂木，除却长得奇特，并无多大作用，虽可用来养魂，却也仍显鸡肋。

阿雪却是被这样一截能开小白花的枯枝所吸引，眼睛一眨不眨地盯着场上，虽未说自己有多喜爱此物，微醺却看得一清二楚，当下便将那截养魂木拍了下来。

养魂木落入阿雪手中的一瞬间，她甚至生出一种不可思议的感觉，半响以后，阿雪嘴角方才绽出一抹笑：" 微醺，谢谢你。"

微醺抿着唇，揉揉她的脑袋，狭长的丹凤眼里满满都是笑意："傻丫头。"

·第七章·

她与阿雪虽生得几乎一模一样，
却一眼就能看出她与阿雪之间的区别。

微醺东西淘得差不多了，得到养魂木的阿雪也十分满足，想在妖市上再逛逛。

就在两人起身的一瞬间，场上被人推出一个半透明的琉璃罩子，罩子里有珊瑚与珍珠堆砌成的花草，一只枯叶似的蝶正扇动着翅膀在其间翩翩飞舞。

场内所有人皆被这一幕所吸引，困住枯叶蝶的琉璃罩忽而被人一把掀开，一道华光闪现，本在翩翩飞舞的蝶竟然变成个着鹅黄衣裙的少女。

阿雪"呀"的一声叫了出来，那个少女不是旁人，正是当日昆仑山上那个名唤枯月、被连碧神女所责罚的仙娥！

微醺神色不变，连碧的性子他是再清楚不过的，这仙娥落得这般境地也在意料之中。

阿雪却不同,她再不懂事,也能隐约猜到枯月之所以会被拿到场上拍卖,正是因为她,当下便生出怜悯之心,拽着微醺的衣袖,声音糯糯的:"微醺……"

接下来的话不必再说出口,微醺也能猜到她的用意。

理智告诉他不该多管闲事,却又禁不住阿雪撒娇,最终只得作罢。

罢了,罢了,左右那小仙娥也掀不起什么风浪,他家阿雪开心便好。

被侍者领入雅间的枯月看到阿雪的一瞬间明显有些瑟缩。

察觉到这一点,阿雪越发自责,忙跑去握住枯月的手:"枯月姐姐,你别怕,不会有坏人来伤害你了。"

枯月低头不语,唯有身子轻轻地颤抖着。

微醺虽花钱买了枯月却也不想养虎为患,只轻描淡写地瞥了她一眼,便道:"你可以走了。"

原本还低垂着眉眼的枯月猛地抬起头来,泪水瞬间充盈眼眶:"上神,不要赶枯月走……枯月已脱去仙籍,再也没了去处……"

说到此处,她已泣不成声,竟是再也说不出一个字。

瞧见枯月这般凄惨,阿雪也不禁跟着哭了起来,直扑进微醺怀里蹭:"微醺,微醺,她好可怜……不要赶她走好不好?"

微醺天不怕地不怕,就怕阿雪哭。

看到阿雪哭得这般上气不接下气,又是心疼又是气,心疼的是阿雪这傻丫头又得哭肿眼睛;气的是,这傻丫头心肠怎就这般软?

可又有什么办法,这样一个傻姑娘还不是他一手惯出来的,要气也只能气他自己从未告诉过她世间险恶。

有了阿雪的眼泪攻势,微醺只得勉强将枯月留下来。

枯月感恩戴德,一连磕了三个响头以表达自己的衷心,微醺却仍没能给她好脸色。

也对,一个连阿雪都照料不好的婢子,他又何须给她好脸色。

山中无岁月,一晃便是四百年。

阿雪与寻常的妖不同,认真算起来,她与微醺倒是同出一脉,虽是妖身,却隶属古神一脉。

寻常的妖满了三百岁即可算成年,阿雪却不然,非得满五百岁才能成年。

虽是这般算,但已有四百二十岁的阿雪也已慢慢长成少女的模样,只是被微醺保护得太好,眼神依旧如稚童一般澄清懵懂。

这四百年来,枯月倒是勤勤恳恳,不但做了阿雪的贴身侍女,还俨然变成阿雪最亲密的玩伴。

就连微醺也对她渐渐放松了警惕。

一切都看似美好,变故却在这时候横生。

那日微醺又有事出了趟远门,屋外阳光正好,阿雪差人搬了张藤椅放在梨花树下躺着晒太阳。

初春的阳光穿透茂密的树梢,一晃一晃地打在阿雪脸上,她像只慵懒的猫咪般蜷曲在藤椅上，睡得眼睛都要睁不开。

回院子准备瓜果的枯月突然神神秘秘拿了幅画过来。

阿雪懒洋洋地掀开眼皮子，颇有几分不解："枯月，你手上拿的是什么呀？"

枯月的表情有那么几分古怪，一副欲言又止的模样："你可以自己打开看看……"

阿雪也不曾多想，还以为是个多有意思的玩意儿，才将整幅画摊开，她整个人就已经愣住了。

画中是个与阿雪有着九分相似的白衣女子，她与阿雪虽生得几乎一模一样，却一眼就能看出她与阿雪之间的区别。

阿雪猛地将画轴卷上，心思乱如潮水。

枯月还嫌不够，又神色微妙地递了封信笺给阿雪，道："各种缘由怕都在这封信上。"

此时的阿雪不知该用怎样的言语来形容自己的心情。

她握着信笺的手指轻轻颤抖着，身体里有个声音在劝自己："就这样吧，不要打开，假装一切都没发生。"

还有个声音在低低咆哮："你竟连这样的勇气都没有，又谈何嫁给微醺？"

两道声音不断地在阿雪脑子里撕扯咆哮，她握着信笺的手指关节处已微微泛着白，太阳穴上的经脉不断突起，她感觉自己的脑子仿佛就要炸开，最终还是没能忍住，一把撕开那信笺。

原来画中之人名唤雪霁，乃是阿雪的母亲。

数万年前的微醺本为妖将，乃是妖皇帝俊手下的得力干将，却爱慕已为妖后的雪霁。

巫妖之战中陨落大批古神，微醺受帝俊之命带雪霁逃亡，彼时的雪霁已身怀六甲，逃亡途中不幸早产，诞下一枚毫无声息的死蛋，也就是而今的阿雪。

看到此处的阿雪不禁皱起了眉头。

最后的结局不必去看阿雪都能猜到个大概，无非是雪霁想要保住妖皇一族最后的血脉，用自己的性命延续了阿雪的生命。

雪霁临终前托孤给微醺，自己则香消玉殒，化作一株参天古木，正是琅琊山上那株最大的梨树。

枯月不曾说任何话。

沉默了足有半炷香时间，阿雪突然抬起头来，声音急切："所以微醺之所以对我这般好，不过是因为我的母亲雪霁？"

枯月依旧不搭话，阿雪呆呆地坐在藤椅上，仍在自问自答。

"呵呵，怪不得身为鲲鹏大妖神的他对我另眼相待。"她的目光幽幽的，接下来的声音几乎微不可闻，"他一定是恨过我的吧，是我害得雪霁不幸离世，否则，他若是真按雪霁遗嘱所做，我们又岂会以那样的方式初遇?"

有太多东西是枯月所不知的,听到阿雪这般说,她忙低声询问道:"你与微醺究竟……"

"没什么。"阿雪自嘲一笑,心中却已笃定,当年微醺定然没能将雪霁的话听进去,随意将仍是一颗蛋的她抛在了琅琊山上某处,结果她却阴错阳差地被一只雌乌鸦所孵化,又好死不死地再度撞上了微醺……

阿雪此番的情绪极度不稳定。

枯月盯着阿雪看了好一会儿,方才试探道:"你莫要多想,纵然上神是受人所托才照料你,对你的宠爱却不是假的。更何况,你不是一直说,他曾与你许下诺言,待你长大便娶你吗?"

枯月这一言仿若醍醐灌顶,阿雪的眼睛登时便亮了。

细细观察到阿雪情绪变化的枯月还在添油加醋:"而今你都已长大,正该是他来娶你的时候,他若是愿意娶你,则说明他对你有心;若是不愿娶你,你是否甘愿终其一生都活在自己母亲的阴影之下?"

阿雪神思恍惚,枯月眼睛里突然迸射出一点红光,猛地蹿进阿雪瞳仁。

遭此变故的阿雪神色越发迷茫,她不断喃喃自语:"微醺该娶我的……他该娶我的……"

微醺回到琅琊山已是两日后,他甫一回到自己的别苑便皱起了眉头。不知阿雪又在瞎捣鼓什么,只是这一次未免也太不像话了。

微醺越往里走眉头皱得越深,眼睛都要被那满院的红给刺痛。

罪魁祸首阿雪正穿着一袭嫁衣端坐高堂之上,远远看见微醺的身影,便扬出个大大的笑,忙起身,迎了上去:"微醺,你回来啦!"

此时此刻,微醺的脸几乎可以用锅底灰来形容。

他不责怪阿雪,率先将战战兢兢立在一旁的枯月及诸位侍女扫视一番,冷冷道:"她不懂事,你们便这般由着她乱来?"

枯月"扑通"一声跪下,诚惶诚恐地磕头认错,大厅内顿时跪倒一片。

阿雪不知微醺为何如此生气,顿时就红了眼眶,声音糯糯:"你是不是不想娶我?!"

微醺只觉头痛,他揉了揉突突直跳的太阳穴,试图与阿雪讲道理:"你究竟是怎么了……"

话才说到一半就被情绪激动的阿雪所打断:"你以前不是说过会娶我吗?为什么说话不算数了?"

当年为了哄阿雪,他确实说过这样的话,可那时候阿雪还只是个不懂事的小姑娘,他又岂能料到,自己一手养大的小姑娘竟这般心心念念想要嫁给自己?

微醺突然沉默了,阿雪已然哭得梨花带雨,一双本该无任何杂物的澄清眼睛里满是哀愁:"微醺,你是不是从来就没喜欢过我?"

微醺自然是喜欢阿雪的,可他是真不知该如何去与阿雪解释,这种喜欢就是一个长辈对晚辈所特有的情绪,既非父女之情,也非男女之爱。

阿雪不懂,她甚至连自己对微醺究竟是种怎样的感情都不明白,只知道自己喜欢微醺，微醺若也喜欢自己，就该将自己娶回去。从此只能对她一人好，旁的人都不许再去搭理。

微醺越是沉默，阿雪越是得寸进尺，眼神渐渐变得阴郁："你究竟透过我看到了谁？"

话音才落，她掌心便凝起一道华光，顿时便有个古朴的画轴与被拆开的信笺落在她雪白的掌心上。

微醺瞳孔猛地一收缩，目光直直地盯着阿雪掌中之物。

"你若是不喜欢我，就必然是恨我的吧？恨我来到这世上，夺走了雪霁的性命，恨我明明不是雪霁，却又与她生得这般相像！"

一直保持沉默的微醺终于忍受不住，生平第一次这般动怒竟然是因为阿雪："你够了！"

·第八章·

这，便是那场成就了西方大帝玄溟的
天狐之乱之开端……

微醺头也不回地走了。

从未见过微醺这般动怒的阿雪瞬间瘫倒在地，目光胶在他渐行渐远的背影上，声嘶力竭地哭喊着："你又要去哪里？我知道，你根本就没喜欢过我！从来就没喜欢过我！"

阿雪已临近崩溃的边缘，任凭身边的人如何呼喊都犹自沉浸在悲痛里。

枯月神色不明地慢慢踱了过来，一把将瘫倒在地的阿雪搂入怀里，贴着她的耳朵，轻轻道："傻姑娘，你怎么到现在才明白，他真的从头至尾都没喜欢过你呢。"

阿雪神色一暗，渐渐压低了声音："那我该怎么办……我该怎么办？微醺一定开始讨厌我了，肯定再也不会回来了……"

枯月声音越来越柔，却与她从前的声音不大一样，细细听去，竟有种雌雄莫辨的意味："傻姑娘，怎么会呢？"

银月缓缓攀上枝头，阿雪已然沉入梦乡，眉心却依旧紧紧皱着，连梦都做得不安稳。

看到阿雪呼吸变得均匀而绵长，侧身坐在床沿的枯月顿时起身，轻手轻脚地走到屋外。

就在房门被关上的那一刹，她纤细的身体突然一阵轻晃，竟在一瞬之间便叠出个人影来。

那道人影起先还有些模糊，渐渐地便有了实体，最后凝聚成一个穿灰衣的妩媚男子。

世间能认出这男子身份的人，恐怕一只手掌都数得出来，倘若微醺此时还在琅琊山，定然能够感受到从他身上散溢出的滔天妖气。

这男子不是寻常妖魔，正是天地间第一只天狐。

万年前的巫妖之乱导致众神陨落，当今世上能制住他的估摸着仅剩上古四神，其中微醺正是对他威胁最大的那个。

天狐甫一现身，枯月便朝他盈盈一拜，柔着嗓音道："微醺已被逼离开琅琊山，封印所在的位置，奴婢也已打探清楚。"

天狐微微眯着眼，又朝屋内看了一眼，方才隐去身形。

直至天狐的身影完全融入夜色里，枯月方才推开房门，再度走至阿雪身边。

她纤细的手轻轻在阿雪脸颊上游走,神色却一片狰狞。

正因这个不谙世事的小女孩,她才会沦落到这番田地!

当日她被连碧神女削去仙籍,直接抛下昆仑,若不是天狐恰经此处,她必然就将暴尸荒野。

她又怎能咽得下这口气!

那些人不过是仗着自己血脉纯正,便这般践踏她!

她不服!她是真不服!

微醺这一趟离开了很久很久,久到阿雪甚至都要以为他再也不想要她。

微醺不在的日子一天比一天难熬,就连琅琊山上的气候也一天比一天奇怪,明明还是春天,却有如盛夏一般炎热。

阿雪元身为金乌,倒是能忍受,其他妖怪可就不好受了,一个个犹如热锅上的蚂蚁似的,热得直打转。

这种情况下若有微醺在便好了,可他向来行踪不定,琅琊山上不论派出多少侍者都无功而返。

在持续近半个月的高温后,蕴藏在琅琊山底下的火山终于一齐喷发了!

即便时隔六百年,阿雪犹能清晰地记得那一日整座琅琊山都陷在一片火海之中的场景。

炙热的岩浆被从地底传来的磅礴能量挤压喷出数万里之高,几乎就要将那天也烧去，整个神界都察觉到来自琅琊山传来的震动。

远在千里之外的微醺突然浑身一颤，即刻撕裂虚空，赶往琅琊山！

眼过之处皆是焦土，微醺脚踏炙热的泥土，一次又一次抽出妖力撕裂虚空，终于在琅琊山之巅找到凝聚妖力护住参天梨树的阿雪。

那一刻，他的心仿佛被什么东西轻轻地触碰，那个傻丫头明明连头发都被烧焦，却不管不顾，一心支撑着结界护住那株梨树。

又过几瞬，阿雪方才后知后觉地发现微醺已然站在了自己身后。

在火山喷发的那一瞬都没哭的她见到微醺的这一刻，又不自觉地感到委屈，竟是什么也顾不上了，直接撤掉自己撑起的结界，一把扑进微醺怀里。

"大家都死了……呜呜……都是我不好，若不把枯月带回来，大家就都不会死了……呜呜……"

已经发生过的事无法再挽回，对此刻的微醺来说，没有什么比阿雪还活着更令人欣慰。

他轻轻拍打着阿雪的背，低头沉思该如何来安慰这孩子。

安抚的话尚未说出口，微醺便突觉腹腔一凉，而后似有温热的液体自他腹部喷洒而出……

窝在他怀里的阿雪瞬间弹到十米开外，她神色妖异地抓着一团血肉模糊的内丹，笑得令人发怵："啧啧，鲲鹏大妖神果然是个痴情种子。"

微醺捂住腹部不断渗血的伤口，神色一凛："你究竟是谁？"

"啧啧……鲲鹏大妖神真是贵人多忘事哪……竟连奴家都忘了。"

一语落下，阿雪身上便叠出个模糊的人影，人影渐渐清晰，凝做实体，正是那着灰衣的天狐！

天狐一手握住微醺尚在淌血的内丹，一手扼住阿雪的脖子，瓮声瓮气道："就你现在这副模样，即便要与奴家一战，怕是也讨不到任何好处，倒不如省些工夫，乖乖将那封印的钥匙交出来。如此，奴家还可考虑考虑，饶你家这小姑娘一死！"

天狐所言不假，失去妖丹的妖族连活着都成问题，更遑与人斗法。

眼见天狐的手越收越紧，阿雪的脸越涨越红，微醺神色复杂地合上了眼，终究还是交出了那把保管了数万年的钥匙。

得到封印钥匙的天狐仰天狂笑，一把将阿雪推至微醺身边。

他并非什么信守诺言的君子，之所以会放阿雪一马，也不过是打心底瞧不起阿雪，笃定她即便再活个上万年都掀不出任何风浪。

阿雪涨红着脸发出一声又一声的剧烈咳嗽声，纵然如此，她仍是抱着微醺发出了小奶狗似的低沉呜咽声。

微醺不知其余失去妖丹的妖族究竟能活多久，他却是对自己的身子再了解不过，他大口大口地喘着气，努力把空气吸入肺中，最终仍是只来得及说出三个字："傻丫头……"

一直都被微醺妥帖保护的阿雪从来都未经历这样的事，心脏仿佛被人生生挖去一块，被人握在手里捏，她想大声哭喊，喉咙里却像被人塞满了厚重的铅块，不论她如何张嘴呜咽，都发不出任何完整的音节。

小小的少女一夜间成长，短短一夜就已历尽沧桑。

后来，阿雪找出那截在她乾坤袋中放置了整整四百年的养魂木，带走了微醺最后的残魂。

而天狐也凭借微醺所提供的钥匙打开上古神器的封印，天地为之震荡。

这，便是那场成就了西方大帝玄溟的天狐之乱之开端……

卷三：君心我心

第一章

我若能凯旋，便娶了你吧。

阿雪几乎一夜未眠，那些逝去的记忆有如一团杂草般在她脑子里疯狂蔓延。

她虽不曾睡着，却愣是赖到日上三竿都未起床。

本以为自己注定要这般天荒地老地赖下去的时候，外面突然响起一阵阵急促的砸门声，有人在外呼喊，声音浑厚粗犷："快开门。"

听到这声音，阿雪瞬间清醒，只是她尚未来得及做回应，紧闭着的房门便突然被人从外撞开。阳光霎时涌入不甚明亮的房间，一列身穿重甲的天兵不期然地闯入阿雪视线里，折射着冷光的冰凉铠甲刺得阿雪睁不开眼。

她不知究竟发生了什么，犹自躺在床上，微微探出一点身体。

此时的她发丝散乱、衣衫不整，那些天兵也不懂得避讳，只听其中一个大嗓门高唱一声："包围！"

阿雪身边便大剌剌地围了一圈天兵。

变故来得太快,阿雪一时间有些蒙,只觉脑子不够用,愣了半晌,方才询问道:"这……究竟是怎么了?"

那些天兵哪会与阿雪细细解释,只听先前那个大嗓门又是一声冷斥:"阿雪,你可知罪?!"

"知罪?知什么罪?"阿雪揉揉脑门,越发一头雾水。

那些天兵却是懒得再与阿雪磨叽,连穿衣服的机会都不给她留,竟直接将其从床上拽起,这架势吓得阿雪还以为自己尚在梦里。

被冷言冷语对待这么久的她眉头微蹙,显然是有些不悦。

她道了句"我有脚,可以自己走",便不着痕迹地甩开那天兵的手,不紧不慢地从衣架上拽了件长披风,将自己裹严实了,又用手理顺散乱的发,方才与那些天兵一同走出房间。

而今正值春末夏初,阳光轻柔地洒落在身上,有种奇异的暖。

阿雪亦步亦趋地跟在数名天兵身后,一路上牡丹开得正好,花团锦簇国色天香,纵然有如斯美景呈现在眼前,阿雪却也无暇去观赏,全程屏息敛神,皱着眉头在思索,自己究竟是怎的了。

率先闯入她脑子里的想法是,枯月这货又折腾出了什么幺蛾子?

直至抵达昨日举行婚典的大殿,阿雪方才知晓,原来枯月已在昨晚遭人暗杀。

枯月这姑娘心思虽不纯,生得倒是挺不赖的,一张我见犹怜的尖细瓜子脸上嵌了双水汪汪的杏眼，不论是谁见了，都要生出三分怜惜来。

就是这样一张楚楚可怜的脸，而今却被人用利刃划得惨不忍睹，几乎都要辨不出她原本的容貌。

阿雪皱着眉头扫视枯月的遗体一眼，方才道："不是我杀的。"

此时，她正被那大嗓门天兵以及另一名天兵强行摁在地上，四方帝君、连碧神女以及西王母皆端坐高堂，面无表情地端视着她。

她稍作停顿，又道："我绝不会做这种蠢事，杀了人还特意留下尸首。"

端坐高堂之上的玄溟神色不明，只轻轻扫视阿雪一眼，便将视线投向了屋外。那里有大片开得正好的牡丹，彩蝶翩跹，与殿内逼得人喘不过气的氛围形成极为鲜明的对比。

端坐正中央的西王母眼神锐利如剑，目光一寸一寸地在阿雪身上扫。

她位高权重，通身散发着威压，阿雪几乎都不敢与其对视，狠狠逼迫自己一番，方才使自己的目光对上她的眼睛。

而后，她听西王母道："昨日所有人皆知你与月儿发生口角，且又提前离席，对此，你可有话要与本座说？"

阿雪这才恍然大悟，原来前面一切都不过是铺垫，为的只是这一刻。

阿雪神色冷峻，沉吟片刻方才道："我若真对一人起了杀心，才不会做得这般引人注目。即便是真有杀她之意，也须得先忍一忍，待到所有人都忘了我与她的摩擦之时再动手，否则岂不是将自己往刀口上推？"

阿雪这话说得不无道理。

　　这种事阿雪都能想到，端坐高堂之上的四方天帝与两尊古神又岂会不明白，只是都拿不出证据来洗刷阿雪的嫌疑罢了。

　　西王母不再言语，未过多久便有一名鬓发霜白的上神以手掩面，在众仙娥的搀扶之下慢慢踱步而来。

　　阿雪挑挑眉，拧着眉头瞥了那上神一眼，却见他满脸悲愤，几乎就要扑上去撕扯阿雪的脸。

　　他表情狰狞、五官扭曲，明明站都站不大稳，却还要摆出一副凶神恶煞的模样伸手指着阿雪的鼻子大骂："你这心思歹毒的贱人还敢狡辩！昨日所有人都看到你与阿月发生口角，她不过是叫你在众人面前失了颜面，你竟心怀怨恨，对其下毒手……"

　　上神这番话说得那叫一个声情并茂、义正词严，仿佛亲眼看见阿雪行凶一般。

　　阿雪不知这又是演的哪出戏，耐着性子听完那上神的话后，方才知晓，原来枯月如今的身份乃是这名上神府上最得宠的舞姬。

　　身正不怕影子斜，阿雪从头至尾都不曾露怯，那上神见阿雪这般模样，越发咬牙切齿。

　　一直盯着屋外的玄溟不知何时将目光收回，正饶有兴致地观看那上神的表情变化。

　　兴许是觉着这种栽赃嫁祸着实无趣，阿雪忍不住朝上神翻了个白眼，呵欠连连。

那上神见此情景，气到头发都要竖起来，暴跳如雷地指着阿雪直嚷嚷："来人啊，快把这个贱蹄子给本君拉下去！"

这位上神倒是除却五方帝君与三位古神最有威严的存在，他一语落下，当即便有天兵上前扣押阿雪。

高堂之上诸神表情各异，再怎么说，连碧都算与阿雪有旧情，她正欲开口替阿雪说话，玄溟便悠悠地掀起了眼皮子："本座还好端端地活着！"

他的语气看似懒散，实则话里内含威压，一语落下，那名欲上前一步扣押阿雪的天兵即刻吐出大口鲜血。

那上神气到浑身发抖，不知玄溟好端端地跑来搅什么局。

说起来这上神所设的局倒也不错，阿雪并无任何证据来证明自己的清白。从枯月的第一次刁难乃至阿雪的率先离场都尽在他的掌控之中，他唯一算漏的是，阿雪与玄溟之间有着"不清不楚"的关系。

当日玄溟收阿雪为徒既不曾设宴，也不曾将阿雪的名字载入仙籍，也就只有他那几个弟子知道自家师父又收了个徒儿。可玄溟自始至终都未提过要将阿雪的妖籍转为仙籍，他们便以为玄溟当日不过是说着玩玩。

那上神只当阿雪是在点苍山上修炼的无名小仙，于是便设了这么个套给阿雪去钻，眼看胜券在握，却半路杀出个西方大帝，这叫他如何不气！

上神索性完全豁出去，仍摆着一副臭脸与玄溟叫板："即便您贵为西方帝座，也不能这般包庇自己的人吧！"

玄溟这厮在外人面前从来都是一副冷面神君的形象，他声线冰冷，言简意赅："本座说的都是事实，何来包庇？"
　　直至此时，阿雪方才发觉玄溟的好，登时眉开眼笑。
　　玄溟没好气地白她一眼，招手道："被人泼脏水还能笑成这样，真是傻到不行。"
　　阿雪才不管这么多，玄溟肯替她出面就说明此事并无大碍，她一把推开已然松懈的天兵，噔噔噔跑至玄溟身边，狗腿子似的夸着："我家师尊就是好。"

　　她声音虽轻，但话音仍飘进了在场所有人的耳朵里，一时间诸神脸上的神色都有些古怪，不曾听过玄溟何时收了个这么大的女徒。
　　那有意栽赃阿雪的上神更是面色苍白如纸，尚未想好对策，阿雪已然开始叉腰告状："你个老不休还想栽赃陷害我，先弄清那枯月的身份再说吧！"
　　在场之人皆不知晓那上神口中的阿月本名乃是枯月，甚至连当年亲手削去枯月仙籍的连碧神女都要忘了这么个小角色的存在，一经阿雪提起，方才有些印象。
　　那么，又有新的问题来了。
　　一个早被削去仙籍的仙娥又怎会突然成为那上神府上的舞姬？
　　《神宪》中早有规定，被削去仙籍者，除非立了大功，否则终生都无法重拾仙籍。

眼前这个枯月怕是没有这份能耐，于是在场诸神望着那上神的目光都颇有些微妙。

阿雪趁热打铁，又继续道："这件事尚不止这般简单。"

阿雪目光锐利，宛如一把出鞘的利刃，直刺入那上神的眼里："可还有人记得六百年前的天狐之乱！这个枯月正是当年勾结天狐，杀害鲲鹏大妖神，使得整座琅琊山覆灭之人！"

上神脚下一个踉跄，却还要死鸭子嘴硬，一拍大腿，色厉内荏道："人都已经死了，你要怎么说都可以！除非你能拿出证据来，否则凭什么让我们相信你？！"

阿雪一声冷哼，等的便是他这句话："我便是最好的证据！"

阿雪此言一出全场哗然，连碧神女轻咳一声，花厅内方才恢复平静，她目光波澜不惊，语气平淡："可还有人记得当年被微醺时刻带在身边的小姑娘？"

不必继续往下说，大家都已猜到，阿雪便是那个消失了近六百年的少女。

那上神再无反驳的力气，面色枯槁地被一列天兵押了下去。

阿雪虽已洗清冤屈，却也不敢掉以轻心。

不论是枯月还是那位上神都只是一颗棋子，幕后黑手尚未被挖出，随时都有可能突生变故。

阿雪才这般想，不多时刑部那边便传来那上神暴毙昆仑天牢的消息。

听到这个消失的时候，阿雪正与玄溟一同坐在石椅上晒太阳，本被阳光晒得暖烘烘的身体突然在这一瞬变得冰凉。

她无端地想起了六百年前的那场悲剧，脑子顿时一片混乱，开始胡思乱想着。

玄溟的声音在她身侧幽幽响起："倒是一出好戏。"

阿雪神色复杂地朝他望去，他却一派淡淡然地伸手在阿雪脸上捏了一把，贱兮兮地笑道："本座的乖徒儿莫不是害怕了？"

阿雪没好气地拍开他的手，正了正神色，道："别闹，接下来还不知道会发生什么……"

相比较阿雪的忧心忡忡，玄溟可谓是淡定至极，他神色慵懒地眯了眯眼方才缓声道："本座猜那幕后之人这般做有两个用意，一是为杀人灭口，二是为打草惊蛇。"

玄溟所说的杀人灭口阿雪尚能理解，"打草惊蛇"就不知是为何了？

她眨巴眨巴眼，朝玄溟投去求助的眼神，玄溟却一脸嫌弃地给她赏了颗栗暴："笨死了！"

"……"阿雪表示很委屈。

不出半个时辰，西王母便下了道口谕，一日不查出幕后之人，那些前来赴宴的神仙们便不得离开昆仑。

一时间搅得人心惶惶。

翌日便有战士来报，三方神山乃至九重天宫皆有妖兵来攻！

西王母气得几乎要咬碎一口银牙，愤愤道："原来是声东击西！"

阿雪这才明白，玄溟所说的打草惊蛇是为何意。

一场大战就此拉开序幕，四方天帝纷纷归位部署自己手中精锐。

玄溟要回点苍山，阿雪自然也得跟着回。

玄溟乃是西方主帅，他一袭戎装立于点苍山脚下，若不是堆积了满脸的嫌弃，大抵会使他看上去更加威风凛凛。

阿雪抱着他的手臂，誓死不撒手，道："我法力也不弱的，为何不能与你们一同上战场？"

玄溟都懒得再与她说话，时刻找机会打压阿雪的瑾年又凑了过来："就你这小身板还想上战场？别给师尊添麻烦了。"

阿雪本欲开口辩解，玄溟却揉了揉她的脑袋，一反常态的温柔："你那三位师兄都不曾与为师一同上阵，你跟着去像什么话？"

阿雪也不是不知道这其中的道理，她只是担心。

这一战又因天狐而起，不管怎么说，她都算是与天狐有过交集之人，更何况她还与天狐有不同戴天之仇，即便无法手刃天狐，能亲眼看见他葬身战场也算是报了仇。

看着阿雪一点一点拉下来的脸，玄溟又恢复那满脸嫌弃的表情，道："为师上的是战场，又不是刑场，你哭丧着个脸是为哪般？"

阿雪万般无奈地叹了口气，只得轻轻一笑，很是乖巧地道："师尊万事小心，徒儿会一直在点苍山上等您回来的！"

玄溟嘴角一扬，弯出个颠倒众生的笑，笑得阿雪心口突突直跳，脑子里没来由地冒出个念头：自家师尊这般好看，即便是上了战场恐怕也无人舍得杀吧。

山脚下不知何时起了风，玄溟的身影已然远去，就在阿雪准备转身离开之时，他竟猛地回头，嘴唇微微扇动着，像是在对阿雪说什么。

这阵风着实太大了，他的话才溢出口，便被吹得四处飞散。

阿雪听不真切，一直皱着眉问："师尊，您在说什么？"

玄溟又是一声轻笑，却恍然回过了头，自言自语似的又将那话重复一遍："我若能凯旋，便娶了你吧。"

·第二章·

可你还会听见吗，阿雪？

　　阿雪不知自己究竟是怎的了，自从玄溟率兵去了琅琊山，她便一直心神不宁。

　　距离玄溟出征已过二十日，这二十日来阿雪再未听到一点有关玄溟的消息。

　　她也曾找过那号称上通天文地理、下知鸡毛蒜皮的碧取替玄溟算上一卦，可算出来的结局却怎么都解不开，气得她几乎就要砸烂碧取那套行头。

　　相比较阿雪的忧心忡忡，玄溟的其余几个弟子可谓是心大到没朋友，压根就没考虑过玄溟这是上战场，一个个气定神闲，好似玄溟此番是去踏青春游。

　　倒也难怪他们会这般不上心，毕竟玄溟早在六百年前就能将天狐封印，而今一战，他们只觉玄溟必然又将旗开得胜。

日子一天一天过去，阿雪可谓是一日更比一日焦躁。

也不知那天狐究竟弄出了什么幺蛾子，琅琊山一带宛如不存在一般，四方天帝才入琅琊山境内，便再无声息。

又过了半个月，神界各方势力也终于按捺不住，纷纷派探子前去打探军情，然而，这批被派去的探子却如同石沉大海，一去便再无音信。

未可知的东西才更叫人恐惧，四方天帝与探子皆失踪的消息一度被封锁，仅有几名身居高位的古神方才知晓。

阿雪在点苍山上的日子几乎可用度日如年来形容，她那几位心大的师兄也终于后知后觉地察觉到事态不对。

三日后，全副武装的阿雪终于说服三位师兄，与其一同赶往琅琊山。

快马加鞭赶至琅琊山境内的阿雪发觉此处与她当年离开时并无甚区别，依旧黝黑一片，唯一让人觉得疑惑的还是四方天帝的下落，甚至连天狐也从未现身。

虽离开此处已有六百年，阿雪倒依旧不感到陌生，领着自家三位师兄在琅琊山上一寸一寸地找，最终抵达琅琊山之巅。

从前的记忆虽久远，阿雪却是十分清楚地记得，琅琊山覆灭的那日她用尽全力护住了那株参天梨树，可如今它却连根茎都已消失不见。

阿雪望着那黑黝黝的树坑兀自疑惑着，不知怎的，又莫名其妙联想起了玄溟院子里那株枝叶繁茂的梨树，似有什么东西在脑子里混淆不清地缠绕，答案呼之欲出，阿雪却下意识地不往那方面想。

六百年前，玄溟确实在此处与天狐一战，那株梨树被他挖了回去也没什么稀奇的，阿雪这般与自己说，全然不让自己去想，他没事挖一棵树回去做什么。

阿雪满腹心事，压根就未发觉跟随自己一同来此处的三名师兄全无一点动静。

那黑黝黝的树坑中莫名其妙冒出了大片白雾，待到阿雪意识到有什么不对的时候，白雾已然遮蔽她的眼睛，天地之间白茫茫一片……

当浓雾散去，阿雪再度睁开眼之时，目之所及之处却是一片鲜红——天为红，地为红，海为红，万物皆是红。

莫名其妙进入此处的阿雪皱着眉四处环顾，还未将整个世界看全，她脚下的地面又开始震荡。

红艳艳的火海瞬间掀起一片火焰般的海浪，热气随之扑面而来。

她原本为金乌，本就不畏惧任何火焰，纵然有火海席卷而来，她也不曾皱一下眉头。

那火浪在即将靠近阿雪的时候突然化作一只只龇牙咧嘴的怪鸟，桀桀怪叫着扑向阿雪，她依旧看都没看那群怪鸟一眼，任凭它们朝自己身上扑。

令人惊叹的一幕出现了，那些火鸟甫一触碰到阿雪便化作一摊血水，顺着阿雪的裙裾再度流回火海中。

阿雪已然身处另一个世界，而她脚下所踏的竟是一只老鳖，它正划着水，在一片火海中前行。

她也说不清那老鳖究竟有多大，只知道站在它背上就犹如站在了一座孤岛上。

老鳖驮着她在火海中畅游了近半个时辰，这半个时辰里，天空的颜色逐渐由鲜红变为湛蓝，海水的颜色亦如此。又过了一个时辰，天空之上一片又一片血红的火鸟成群结队地飞过，正是先前妄图攻击阿雪的那一种，海中更是时不时有形态各异的大鱼跃出水面。

这些，皆是她从未见过的古怪生物。

老鳖一直驮着她往前游，也不知道目的地究竟在何方。

越往前游火海便震荡得越发厉害，又是一阵火浪掀来，阿雪甚至都还未站稳，天空中便密密麻麻飞来一群蛊雕。

一时间杂乱的扇翅声，混合着让人头皮发麻的奇特怪叫声，响在阿雪耳畔。

阿雪神色不变，在蛊雕与自己仅隔半米距离时咬破了指尖，她嫩葱一般的指尖缓缓渗出一滴鲜血，顿时整个空间都仿佛在扭曲变形。下一瞬，她全身妖力一同喷薄而出，她水蓝色的衣裳与乌黑的发无风自动，嘴角则扬起一抹嗜血的笑，她都快忘了自己究竟有多久不曾开杀戒……

阿雪一路浴血前行，终于在半个时辰后靠岸。

这是一座骨山，确切来说，是一座由仙骨与妖骨一同堆砌而成的骨山。

阿雪越往前走越觉得心悸，那股妖气她再熟悉不过，六百年前正是因为那个人害得她流离失所！害得琅琊山覆灭！害得微醺陨落琅琊山！

阿雪渐渐放慢了步伐，最后的路程她几乎全程都绷紧了身体，然后，她终于在骨山之巅看到一灰一白两道缠斗在一起的身影。

白色正是玄溟，而灰色……看到那张即便是化成灰她都能认出的脸，阿雪不禁眯了眯眼睛。

在未看到玄溟与天狐对决之前，阿雪也曾怀疑过玄溟的实力，可如今当她真正见到的时候，她才明白自己先前所担忧的一切不过杞人忧天。

玄溟的修为虽不及天狐深厚，但他手中那柄重剑却蕴含毁天灭地的磅礴威势。

直至此时，阿雪方才明白，六百年前玄溟究竟是靠什么击败天狐的。

若阿雪没猜错，玄溟手中的重剑怕就是天狐当年费尽心思想要得到的上古神器，可笑的是，他机关算尽，最后还是为他人做了嫁衣。

阿雪不觉得凭借自己这低微的修为能插入玄溟与天狐的对决之中，顶尖高手之间的对决，胜负往往就在一瞬间。

阿雪而今所要做的便是把握那一瞬间，在不影响玄溟的情况下，给天狐一记重创！

阿雪在此整整蹲守了五日，也就是说玄溟与天狐在此不眠不休地战了五日。

时间越拖得久，阿雪神经绷得越紧，生怕自己一个不留神，就会错过好时机。

在第五日即将结束之际,阿雪敏锐地捕捉到天狐所露出的破绽,她尚未来得及动手,便见距离自己二十米左右之地藏了只骨妖。

那骨妖的身体几乎与整座骨山融为一体,若不是恰好看到它动手,怕是即便站在它身边都发现不了。

那骨妖显然是早有预谋,有着和阿雪相同的打算,只是阿雪发现得太晚,"小心"二字尚未溢出喉咙,便有一支淬了毒的骨箭直奔玄溟而去。

阿雪脑子里仿佛突然断了一根弦,脑袋尚未开始运转,身子已然先行一步,她甚至都不知道自己究竟做了什么,便听见骨箭"扑哧"刺入自己血肉的声音。

她的头有点眩晕,视线也渐渐模糊,在她再也看不清任何东西的时候,耳畔却传来一个蕴含悲戚的"滚"字。

究竟是让谁滚呀……

这是阿雪意识彻底消散前,所冒出的最后一个念头。

阿雪不知道那骨妖究竟在骨箭上淬了什么毒,她明明只晕了一会儿便转醒,身体却僵硬得像块石头,非但说不出话来,连眼睛都睁不开,像个死人似的躺在那里。

阿雪既然睁不开眼睛,自然也就看不到天黑天明,继而无从判断自己究竟躺了多久。

她不知自己究竟被玄溟带到了何处,只知自己时而被他丢进温水里浸泡,时而又被抱去山头吹冷风……啧,真是折腾。

最让阿雪感到奇怪的是,玄溟明明是那样聒噪的一个人,现在怎么就不说话了？莫非他一直待在人多的地方，不好暴露自己的真实性格？

阿雪想了想，又觉得不对，这个地方当真是安静到不可思议，若是还有旁人，又岂会静成这样？

阿雪兀自胡思乱想着，忽而又有清浅的梨花香在鼻尖萦绕，用脚指头去想，阿雪都知道玄溟又来了。

只是他这次的情绪似不大稳定，连握住她的手都在微微颤动，时不时还会发出几声闷哼。

阿雪不禁有些急切，她如今还是个活死人呢，玄溟若是出事了，她又该怎么办呀？

阿雪脑袋一片混乱，尚未想出个所以然来，玄溟便已替她渡完气。

然后，她感觉自己又被玄溟轻轻抱起，风擦着她的发倏然扫去，充斥在四周的空气于一瞬之间变得格外清新，她知道，自己又被玄溟抱到了山顶。此时大抵正逢午时吧，有阳光洒落在她身上，暖暖的，仿佛能钻入毛孔里一下驱散她体内的毒素。

她以为玄溟又将继续沉默下去，像个哑巴似的将她搬来搬去。

完全不曾料到，他竟会在这时候开口说话。

兴许是他真的沉默太久了，说话的声音微微有些喑哑，加上他本就清冷的声线，竟在开口的一瞬间便叫阿雪心头一颤。

他说："你这丑丫头真是从小到大都是个麻烦精。"

他说："可你这么会给我添麻烦，若是真不在了，我又该去取笑谁呢？"

这种心情一如六百年前,他奋力赶去琅琊山境内却再无阿雪的踪影,那一刹那他只觉自己的心空荡荡的,仿佛有什么极为重要的东西突然被人抹去。

　　不过是个又笨又爱哭还总给人添麻烦的丑丫头罢了,他不明白,就是不明白自己为何会这样难受?

　　他还想问那个丑丫头,自己穿白衣的模样可好看,却再也没机会了。

　　后来他的神识无意间与上古神器融合,凭一己之力封印天狐,成为近十万年来最年轻的一位帝君,却因根基太浅而不得不去凡间历劫。

　　他以为有些人注定就是他生命中的过客,是成就他无上荣光的垫脚石,到头来才发现,那是他的劫、他的难。

　　而今的他也很想与阿雪说,他便是当年无故被她抛在赤水镇痴等五十年的凡人听笙,他便是千年前被她任性带走养了十几年的小乌龟。可,你还会听见吗,阿雪?

　　阿雪默默地在心里翻着白眼,就知道玄溟嘴里说不出好话。

第三章

她的目光突然变得极其温柔，柔到几乎要化开玄溟背上的硬壳。

阳光渐渐散去，阿雪感觉自己的身体又在一寸一寸冷却，然后她一点一点睁开了眼睛。

"咦……"

这是她多日以来发出的第一个音节。

正因她这突然冒出来的声音，抱着她一路御风而行的玄溟明显身子一歪，险些栽落云霞，滚到悬崖底下。

阿雪一脸新奇地窝在玄溟怀中四处打量周遭环境，隔了半晌，方才眉开眼笑地道："我居然醒了哎！"

玄溟没好气地白她一眼："为师长了眼睛。"

终于摆脱"活死人"身份的阿雪心情好得很，哪还会去计较玄溟的态度究竟好不好。

她"哑"了这么久，突然间就能开口说话了，自然有很多话想要与人诉说。只是当玄溟那充满鄙夷的目光扫来之际,她莫名其妙就怂了,盯着玄溟的眼睛望了老半天,方才挤出五个字:"师尊,我饿了。"

话一出口,她简直想拍死自己,玄溟又不是她娘,她饿了跟他说做什么。

奈何说出去的话如泼出去的水,她是怎么也收不回了,索性窝在玄溟怀里哼哼唧唧装死。

果然不出阿雪所料,她一语才落,玄溟又甩来一记眼角飞刀,声音却隐隐带着些许愉悦:"果然是个麻烦精。"

阿雪一阵恍然,一时间还以为自己听错了,战战兢兢地道:"师尊……您……您说什么?"

玄溟抱着阿雪的手臂微微收紧,没好气地将那话又重复一遍。

阿雪这才松了口,拍拍胸口小声嘟囔着:"嘁,方才果然是听错了。"

玄溟暗戳戳地瞥了阿雪一眼,也不曾说话,一路默默抱着她往二人暂住之地赶。

当日一战,玄溟重创天狐之时自己也受了不轻的伤,这段时间他又日日蓄力给阿雪渡气,才踏入山洞不久,他便"扑通"一声倒地。

阿雪甚至都未能反应过来,猛地一看,只见自家白嫩嫩俏生生的师尊变成一只黑沉沉的笨乌龟。

此时阿雪内心的惊骇是无法用言语来形容的,她瞪大了眼睛,捂着胸口盯着那只龟看了许久,终于鼓起勇气上前一步,伸出手来,在那龟坚硬的壳子上敲了敲,恍然大悟道:"原来师尊您的元身是玄龟呀!"

说着,她又压低身子,将那龟细细端视一番,摸了摸下巴,语气颇有些严肃:"咦……我们是不是在哪里见过呀?!"

那只龟不想和阿雪说话,甚是熟练地朝她翻了个白眼,便将头缩进壳子里去了。

阿雪锲而不舍,一直围着那只玄龟转:"真的好眼熟啊……"

"哼!"他任凭阿雪怎么敲打他的壳,都龟缩着,不肯面对她。

于是,阿雪终于得出结论:"师尊,您莫不是害臊了!"

最后一个字尚在阿雪舌尖萦绕,玄溟便唰地伸出脑袋,一双黄豆大的小眼睛里凶光毕现,二话不说便张大嘴咬在阿雪食指上。

他这一下看似凶猛,实则咬得很轻,阿雪也再不是从前那个动不动就哭鼻子的小姑娘了。那一刹那,仿佛有什么东西在阿雪脑子里轻轻扫过,她的目光突然变得极其温柔,柔到几乎要化开玄溟背上的硬壳。

她另外一只空出来的手不知何时伸到了玄龟头顶,轻轻地抚摸着:"我想起来了。你便是当年那只被西王母养在瑶池里的小玄龟吧!"

突然很不想承认这个事实的玄龟默默松了口,"嗖"的一声便将头缩了回去,再也不肯面对阿雪。

阿雪拍着大腿狂笑,几乎是上气不接下气:"当年那个讨厌的黑衣小鬼也是你吧?"

说到此处,阿雪终于止住了笑,不怀好意地道:"我怎就看不出您这么爱俏呀师尊,当年我不过是说了句黑色最丑,白色才好看,你竟从此日日穿白衣！"

阿雪想想都觉得不可思议，咂咂嘴还要再继续说下去，一直沉默不语的玄溟终于忍无可忍，发出一声闷闷的咆哮："闭嘴！"

"哈哈哈哈哈……"

阿雪笑得越发欢畅，几乎就要在地上滚起来。

当清晨的第一缕光穿透洞前的杂草洒落在玄溟身上时，他恰好睁开了眼。

与其说他是自然醒倒不如说他是被一道不怀好意的视线给吓醒的，果不其然，他才睁开眼就撞上了阿雪的视线。

她两眼亮晶晶的，笑得像只狡猾的小狐狸："师尊，您怎么这么快就变回来了呀？"

玄溟这才发现自己身上早就没有龟壳了。

他颇有些尴尬地咳嗽一声，方才装腔作势地道："为师身体已无大恙，不如今日便与我军会合。"

阿雪憋住笑意，眨眨眼睛："好的呢。"

纵然觉得丢脸，玄溟也只能硬撑下去。

好在阿雪性子虽顽劣，却还算拎得清，再未提起令玄溟感到难堪的事。

玄溟总算松了口气，开始与阿雪讲述他这几日所遭遇的事情。

原来两人而今所处之处并非实地，而是一个名唤恶鬼修罗境的虚境中。

里边的所有东西既有虚又有实，进来便再难出去，四方帝君与各方势力派来的探子之所以会无故失踪，正是因为都闯入了恶鬼修罗境。

阿雪垂着脑袋认真听着，不禁生出几分担忧："那我们可不得一直被困着？"

玄溟摇摇头，状似不在意地道："也不是，倘若天狐死了，我们便能出去。"

说起来简单，真正实施起来却不知究竟有多艰难，更何况那天狐如此诡计多端，阿雪是真的担忧至极。

恶鬼修罗境中妖魔横生，阿雪与玄溟才走不远，便迎面撞上一群钩蛇。

钩蛇这类妖魔比阿雪先前所撞上的火鸟乃至蛊雕不知强大多少倍，阿雪默默打量一番堵在自己身前的钩蛇，不待玄溟发话，便已自觉地缩在他身后。

玄溟一手护住阿雪，一手握着那柄名唤沉筠的重剑，磅礴神力自他体内喷薄而出，他甚至都未拔剑，那群钩蛇便被他的气势生生逼退数百米。

他握住沉筠的手高举，嘴角微扬，扬起个蔑视的笑，只要这一剑落下去，那群钩蛇必然都将皮开肉绽！

沉筠重剑"哐当"一声落地，玄溟身上华光一闪，突然又变回黑黝黝的玄龟在地上打滚。

　　这一刹那，周遭几乎静到令人生奇，阿雪一脸呆滞地望着躺在地上的沉筠重剑与黑黝黝的玄龟，目光不断地在那群显然闹不明白究竟发生了什么的钩蛇身上扫，终于在某一瞬间反应过来，扛起沉筠，抱着龟，拔腿就跑。

　　玄龟缩在阿雪怀里，隔了老半天方才嗤笑道："真没用。"

　　这话也不知究竟是在说阿雪还是他自己。

　　阿雪坦然扛下这口黑锅，很是实诚地道："我五行属火，那群钩蛇明显就是水属性的，数量又这般多，我又怎么打得过？"

　　玄龟轻声叹了口气，突然急速旋转着从阿雪怀中飞出。

　　变故来得太过突然，阿雪甚至都没弄清究竟发生了什么，便有一条水缸粗细的钩蛇咆哮着砸落在地，浑身浴血的玄龟则翻转着再度落入阿雪怀中。

　　阿雪嘴巴张得几乎可以塞下一颗鸡蛋，看见玄龟又化作一道黑光，撕断另一条猛冲上来的钩蛇。

　　阿雪简直目瞪口呆，从未想过世上竟有如此灵活的龟。

　　二度落入阿雪怀中的玄龟一声冷哼，道："愣着干什么？还不快点抱着为师跑！"

　　阿雪强行收回心神，抱着玄溟一路狂奔。

　　阿雪元身乃是三足金乌，此处又有火山遍布，反倒在一定的程度上促进了阿雪的成长。

玄溟消耗太大，根本维持不了多久人形，一施法又得变回玄龟，路上再遇妖魔都只能靠阿雪来对付。

一路下来，阿雪倒是练就了一副好眼力，瞧见弱的便直接杀过去，瞧见强一些的拔腿就跑，如此折腾了近半个月，终于抵达神族大本营。

所谓的神族大本营也不过是个临时驻扎地，汇聚了四方天帝座下的所有兵力，不论是天狐还是其他妖魔都不敢轻易来滋事。

玄溟自然不会轻易暴露自己的元身，即便进入神族大本营前又经历了一场厮杀，却仍咬牙维持人形来见诸神。

相比较玄溟所受之伤，阿雪身上一些损伤摩擦几乎可以忽略不计。

她最后再瞥了一眼被人拎入帐篷调养的玄溟，便欢天喜地地跑去找饭吃。

逃亡的日子几乎不是妖过的，一路逃来，阿雪不知吃了多少生妖肉，而今虽也只能吃些粗茶淡饭，但总比茹毛饮血来得好。

阿雪犹自乐滋滋地啃着馒头，头顶忽而传来个熟悉的声音："咦，你怎么跑这儿来了？"

·第四章·

做梦吧，本座不过是想与你慢慢玩。

阿雪一抬头便瞧见个紫衣少年，那眼神倨傲、皮笑肉不笑的少年正是阿雪的好师兄瑾年不假，他身侧还分别站着一袭青衣的碧取以及一袭蓝衣的聆兮。

阿雪深知瑾年究竟是怎么一副德行，也懒得与他计较，嘴角一弯，道："原来你们也到了这里！"

阿雪耐着性子讲述了事情的经过，其中特意忽略玄溟几度变回玄龟不说。

聆兮听罢，与阿雪道："那日与你走散后我们也落入了这恶鬼修罗境，不过恰好落在驻军地外围罢了。"

阿雪听罢，只觉得这白花花的馒头再也吃不出任何味道。

这也就算了，瑾年还又凑过来继续嘲笑她，道："就你这半吊子能捡回一条命活到现在也该烧高香庆祝了。"

阿雪本就觉得忧伤，再被这么一嘲讽，气得抄起馒头直往瑾年嘴中塞。

她看着瘦弱，修为可比瑾年高出不少，这一下也算用尽了全力，塞得瑾年眼泪都快流出来了。

阿雪这才挑着眉毛道："小屁孩，姐姐我当年斩妖除魔的时候，你还不知道在哪里玩泥巴呢。"

阿雪一语罢，又偏头望向碧取，笑盈盈地道："师兄，你不是号称上通天文地理，下知鸡毛蒜皮吗？你倒是说说，这一战究竟哪方会赢？"

碧取一如既往的目光呆滞，听完阿雪的话半天都没反应，隔了许久，方才睁开一双死鱼眼，直勾勾地望着阿雪："天机不可泄露。"

阿雪很是嫌弃："你个蒙人的神棍！"

碧取仍是那副神游太空的德行，隔了半晌又瞥了阿雪一眼，道："我虽不能告诉你这个，却能再告知你一个秘密。"

阿雪登时就来了兴致，连忙把耳朵凑过去听，只听见他说出一句莫名其妙的话："师母可别多管闲事。"

阿雪一脸茫然地眨巴眨巴眼，很是不解地问道："你这话究竟是什么意思呀？"

任凭阿雪怎么问下去，碧取都无再说话的意思。

阿雪很是颓败，想从碧取师兄嘴里套出话来简直比登天还难。

阿雪兀自郁闷着，身后却突然传来个声音，她下意识地回头望了一眼，却见一袭白衣的玄溟单手负背，慢悠悠地踱步而来。

阿雪低声唤了句师尊，再回过头去，哪还看见那三位师兄的人影。

阿雪越发觉得无奈，低声碎碎念着："一个个都不正经。"

玄溟已然逼近，似笑非笑地望着阿雪的眼睛，道："那你可正经？"

阿雪一时间都不知该如何来接玄溟的话，闷哼一声，道："自然是比你们正经的。"

"哦。"玄溟也不与她在这种事上多做纠缠，又道，"再过不久，又有一场大战。"

阿雪是真的担忧玄溟的身子，听到这话，第一反应便是："师尊，您如今这样子还能上战场吗？"

玄溟一脸郁闷地横扫阿雪一眼："怎么就不能？"

阿雪无话可说，只能谄媚一笑："师尊您开心就好。"

玄溟却是起了逗弄阿雪的心思："为师不开心。"语罢，挑眉望向阿雪，"所以，乖徒儿，你不如想些办法来让为师开心开心。"

阿雪一脸惶恐："恕徒儿无能为力。"

玄溟毫无征兆地开怀大笑，笑到阿雪还以为他得了什么不得了的怪病，足足过了一盏茶的工夫，玄溟方才停下笑，直勾勾地望向阿雪的眼睛。

阿雪没来由地一抖，更令人惊悚的还在后面，下一刻，玄溟竟牵起了她的手，眼神柔得几乎能滴出水来："你那日为何要替我挡箭？"

阿雪颤了颤，试图将自己的手从玄溟掌心抽出，三番五次尝试都未果，她只得正了正神色，义正词严道："是为天下苍生，为天下黎民！"

实际上连她自己也不明白，当初为何会那样做。

玄溟对阿雪的回复很是不屑，嗤笑道："你会有这种胸襟？"

阿雪顿了顿："师尊您不可以貌取人。"

玄溟怕是真打算与阿雪杠上了，又似笑非笑道："那你是觉得自己看起来猥琐还是邪恶？"

阿雪默默地朝玄溟翻了个白眼。

玄溟这厮今日真是有些不正常，见阿雪这般反应又是一阵笑。

阿雪简直都想推开他直接走人。

这个计划尚未实施，玄溟又凑了上来，一副欠揍的模样："我怎么觉得你喜欢我？"

连"为师"与"徒儿"两个词都未用。

阿雪一抖，险些就要"扑通"一声跪在地上，摇头如拨浪鼓，道："就算是给徒儿十个胆子，徒儿也不敢哪！"

玄溟笑眯眯地在阿雪脸上捏了一把，很是深情地道："无须十个胆，把为师的胆子借给你即可。"

"……"

阿雪假装听不懂，满脸呆滞地"啊"了声，玄溟又在她头顶敲了敲，满脸宠溺地道："笨死了。"

阿雪又打了一个冷战，全身爬满了细密的鸡皮疙瘩，完全闹不明白，玄溟今日究竟是怎么了。

她才打算表达自己的心声，玄溟却一声不吭地走了，徒留阿雪一人待在原地纠结。

这一夜，阿雪睡得十分不安稳，躺在床上翻来覆去怎么都睡不着，脑袋里时不时浮现出玄溟那张欠揍的脸。

后来好不容易睡着了，她还做了个奇奇怪怪的梦。

梦中的她趴在床上生了一窝的蛋，蛋壳裂开，钻出一群长着乌龟壳子的三足金乌，围在她身边一口一个"娘亲"地喊。

阿雪惊出一身冷汗，猛地从床上弹起，却见帐篷外微风习习，吹开遮蔽阳光的薄云，晨光顿时洒落下来，染红万顷白云。

一回想起那个梦，阿雪便觉后怕，拍拍胸口，随意绾了下发，便跑到帐篷外去透气。

她才在帐篷外站了不到片刻，便见四方天帝一同去往百米开外那个最大的帐篷中。

她鬼使神差地跑了过去，突然有很多话想与玄溟说，却被帐外看守的天兵拦截，只得一直蹲在外边等。

阿雪这一等便是两个时辰。

两个时辰后，玄溟神色古怪地自帐篷中走出，阿雪连忙起身，噔噔噔地跑过去。

她的嘴唇微微张合，第一个字尚在舌根底下打转，玄溟便揉着眉心道："去把你那三个师兄一同喊过来。"

阿雪心中虽有疑问，却依旧照做，未过多时便将三位师兄一同叫了过来。

玄溟神色颇有些疲倦，他耷拉着眼皮子与四名直勾勾望向自己的弟子道："我军已撕出一道空间裂缝，有谁愿意替为师将你们师妹这个麻烦精送回点苍山去？"

即便是个傻子都能猜到玄溟这话有些不对劲。

阿雪愣了愣，忙询问道："我怎么你了？"

除却阿雪，并无一人再出声。

玄溟勉力扬唇一笑，望着阿雪道："既然没有人愿意送你回去，那你便独自一人回去吧。"

话音才落不久，他就已经拽住阿雪的胳膊往位于他身后的帐篷里拖。

变故来得太突然，阿雪甚至都没时间看清帐篷内都有哪些人便被强行塞进空间裂缝里。

并非每个人都如微醺那般有随意撕裂空间的能力，即便是他也不可多使，这道裂缝还是玄溟与其余三方帝君一同施法撕裂而成的。

阿雪才进去，那道裂缝便急速闭合。

玄溟看着那裂缝消失的方向扬了扬嘴角。

阿雪身上所流的乃是上古妖皇帝俊之血，决不能留她在此冒险，倘若这次真叫天狐取胜，阿雪便是神族最后的希望。

强行被塞入空间裂缝的阿雪只觉一阵头昏目眩，未过多久便出现在琅琊山脚下。

她有些茫然地望了这座矗立在自己眼前的山峰一眼，下一刹那，整座琅琊山都开始坍塌，地面在震荡，整座山脉都陷入了地底……

阿雪终于明白玄溟的意图，声嘶力竭地跪在山脚下哭喊着："师尊……"

再无人能回她的话，只有山石不断崩塌。

恶鬼修罗境中，天狐拧着眉头与玄溟道："你究竟做了什么？"

玄溟吊儿郎当地倚着沉筠重剑，一副不以为然的模样："不过随手设了个结界罢了，外面的人进不来，里面的人也出不去，你，则永生永世被困在这里。"

玄溟目光悠悠地瞥向远方，他的眼睛能透过结界看到外面的世界，那里有阿雪。

她眼角泪痕未干，某一瞬间僵住了身子，如疯了一般地冲来，嘴唇在不停地开启闭合，仿佛在喊："师尊，您快出来……"

玄溟的眼神有如春风般柔软："这丫头哭起来真是一如既往的丑，可很快就要见不到了。"

大地很快归于一片死寂，只余阿雪的哭音在不断崩塌的轰鸣声中缭绕。

与四方帝君一同在这个世界坠落的天狐狂妄一笑，道："你们好大的阵势,用四个天帝给奴家陪葬倒也值了。"

玄溟满脸鄙夷地朝他甩了个白眼,手心微翻,沉筠重剑便已出现在他掌心。

"做梦吧,谁要给你这骚狐狸陪葬了!"

天狐身形一动,避开这致命一击,终于意识到事态不对:"你们究竟想玩什么花招?!"

玄溟慢悠悠地收回攻势,又是一剑落下去:"本座不过是想与你慢慢玩。"

……

尾声

第二次天狐之乱彻底将琅琊山夷为平地，当年舍身与天狐一战的四方帝君亦不曾现世。

有人说，他们早与天狐一同魂飞魄散。

也有人说，他们功勋盖世，残魂已被召往域外天际。

……

每年的这时候，阿雪总会提上一壶梨花酿，带上几个小菜前往琅琊山境内。

一去便是五百个年头。

点苍山上已无玄溟与她的三位师兄，她只能担起大任，着手管理点苍山。

她血脉正统，五百年的苦练已使她修为深厚，也不是没有人请示由她担任西方天帝一职，她却始终相信，总有一日，玄溟还会回来。

整理玄溟寝宫的时候，她无意间发现自己当年留给听笙的木牌，一切都仿佛冥冥中早有注定，原来她与玄溟之间的缘分这般深。

从前的她并不觉得，有一个人天天在身边捉弄自己是件多好的事，而今方才明白，那些看似幼稚的行为里究竟蕴含了玄溟多少细腻心思。

她从来都以为这世上只有微醺对她好，却不曾想到竟还有一个人会以这样的方式默默守护着自己。

微醺的残魂早在四百年前进入轮回，而今已长成小小少年的模样。

这是他第一次与阿雪来此祭拜，看着阿雪一碟一碟地从竹篮中取出小菜，整整齐齐码放成一排，他禁不住问了起来："师尊，这里便是天狐之乱的遗迹吗？"

阿雪摆好最后一碟小菜，微微颔首："正是。"

"那……"小小少年的脸上露出些许疑惑的神情，"为何会有这么多人站在此处呢？"

阿雪敲了敲少年的脑门，没好气地道："瞎说什么呢……"余下的话尚未来得及说完，便悉数被她一咕噜咽回肚子里。

她猛地一抬头，却见三方帝君与自己的三位师兄皆站在不远的地方望着她笑。

她有些不敢置信地擦了擦眼，再次睁大眼睛时，瑾年已然拽着碧取凑近，仍是那副欠揍的模样："啧，真是流年不利，甫一出来就撞上你。"

　　阿雪仍是一脸震惊，碧取亦睁着一双死鱼眼，将其打量一番，用不带任何感情的声音道："怪不得我看不出你的命理，师尊说，你曾胎死蛋中，是你母亲替你续的命。"

　　阿雪仍在发蒙，三方帝君朝她微微颔首，旋即纷纷御风而去。

　　直至这时，阿雪方才回过神来，喜极而泣："既然你们都在，那师尊定然也还活着吧……他在哪儿呢？"

　　瑾年面色古怪至极，瞅着阿雪道："你哪有什么师尊？"

　　阿雪唇畔的笑顿时凝在脸上，瑾年摇摇头便拽着碧取以及聆兮一同离开。

　　阿雪脑子一片混乱，她不明白瑾年为何会说这样的话，想要追上去问清楚，却发觉自己已然害怕得手脚发软，连挪动身子的力气都没有，一个岔气便哭出了声。

　　始终站在她身侧的小少年想要踮起脚去安抚她，话未出声，就被一个懒散的声音打断："我还没死呢，哭什么？"

　　阿雪轻轻颤抖着的身子突然一僵，却见雪衣乌发的玄溟眉眼带笑地朝她走来。

　　阿雪的哭声越发大，直扑入玄溟怀中，一声又一声地唤着师尊。

　　玄溟轻轻拍打着阿雪的背脊，发出一声极轻的叹息，目光却悠悠转至那小少年的身上，道："这孩子是？"

阿雪这才想起，自己的徒儿正全程看着她出丑，连忙停止啜泣，问了句："你可是问北冥？"

"北冥有鱼，其名为鲲……"玄溟敛眉沉吟，"他可是微醺那只大鸟的转世？"

阿雪点头："正是。"

玄溟简直不能更嫌弃："你取名可真省事。"

阿雪才不管这么多，有些东西一脉相承，她当年既被微醺这般荼毒，自然不会费脑子去替微醺的转世取个有深意的好名字，能听便行。

阿雪兀自思索着该以怎样的话语来反驳玄溟，岂知脑子还没转上一圈，她整个人便被打横扛了起来。

许久不曾这般失态的阿雪一声惊叫："你这是要干什么？！"

玄溟的声音依旧听上去懒洋洋的："把你扛回去成亲。"

向来脸皮厚的阿雪竟为这样一句话羞红了脸，撒娇似的在玄溟肩上一捶："谁要与你成亲！"说到此处，声音突然降低，"再说……您不是我师父嘛……"

玄溟白眼简直要翻破天际："谁说我是你师父？"

阿雪觉得自己脑子都要转不过来，又听玄溟含笑的声音传来："我可曾宴请宾客昭告天下，你又可曾行过拜师礼？"

玄溟一语犹如醍醐灌顶，阿雪瞬间惊醒。

亏她还总在踌躇犹豫，觉得自己若是真与玄溟在一起便是违背纲常伦理……

她竟被耍了这么多年！

一直压在阿雪胸口的巨石就这般轻松落地，欣喜之余阿雪又觉气愤，使劲地在玄溟背上一顿敲打："你个黑黝黝的臭王八精！谁要嫁给你！"

玄溟一声闷哼，仍是笑道："咱俩元身一个赛一个的黑，谁也别嫌弃谁。"

阿雪冷哼："我可是流着帝皇血统的高贵金乌。"

"哦，那正好，金乌与玄武，尚可婚配。"

番外一

何以断相思？

打玄溟有记忆以来，他便居住在瑶池里。

瑶池很挤，西王母大抵是有集物癖，只要她觉得好的东西，能收集的便收集，能往瑶池里丢的便往瑶池里丢。

玄溟亦是这般被丢进来的。

玄溟元身乃是玄武，玄武之所以能与青龙、白虎、朱雀并称四大神兽，到底还是与那些烂大街的所谓神兽有所不同的。

至于究竟是哪些地方不同，连玄溟自己都说不出个所以然来，最终也只能将一切都归咎于物以稀为贵。是了，物以稀为贵，天地间不会再有第二个玄武，第二个朱雀、青龙、白虎，除非他们这批不幸陨落，天地间才会生出新的神兽来填补。

仔细想想，玄溟倒也还有个与寻常神兽不一样的地方，那便是他天生就具备化形的能力。当别的妖魔神兽还在为化形而苦苦挣扎修炼时，他早就能在人与龟之间自由切换，若是他愿意，甚至变成人龟或者是龟人都未尝不可。

只是玄溟这厮生来懒散，变成人身直立行走总比背着龟壳趴在地上来得费劲，是故，他便常年以龟身见人，左右也没人逼他非要维持人形。

在见到阿雪那个笨蛋前，他那小日子过得可谓是舒坦得很。

不但有温柔貌美的仙娥全天伺候着，无聊时还能爬到瑶池边上赏赏昆仑美景。

那日，池上荷影重重，偶有丝竹弦乐之音穿透铺天盖地的芙蕖娓娓传来，他一如往常地在瑶池里划着水，暖阳似熏风，一下又一下地扫过他的脊背。

他在水中游得正畅快，忽有个奶声奶气的娃娃音在叫唤："咦，小乌龟，你可喜欢吃桃子？微醺说这可是蟠桃，吃一口都能增长寿元呢！"

语罢，便有一团沾着黏糊唾液的桃子递到嘴边。

他没好气地朝那傻乎乎的小姑娘翻了个白眼，有可能会因为他太小，那傻姑娘根本看不见。

蟠桃这玩意儿他可吃多了，谁愿意去碰她的口水呀。

他轻飘飘地游开了，这傻姑娘眼神倒是不错，竟捕捉到了他的白眼，询问一旁的仙娥道："仙子姐姐，小乌龟是不是在嫌弃我呀？"

其实他很想在这时候化成人形，拽着她的领子说："是呀，小爷就是嫌弃你。"

然而，他实在太过懒惰，这等需要花费力气的事情，也只是在脑中想想罢了。

傻姑娘之所以被他称作傻姑娘倒是有十足的理由，明知自己已被嫌弃，她却仍是不放弃，一会儿叽里咕噜与他说着话，一会儿又"咔嚓咔嚓"啃了桃子往瑶池里吐，原本清澈见底的瑶池里都沾满了她的口水。

正所谓是可忍孰不可忍，连一直沉在池底默不作声的羸鱼都憋不住了，与他道："要不……你就吃块蟠桃吧……"

吃人口水的事他才不会做，他只是思索着这时候该不该上岸将那小姑娘揍一顿。所幸他尚未纠结出个所以然来，那傻姑娘便捧着只剩一颗核的桃与他招手，道："小乌龟再见，我明天还会来找你玩的。"

他的白眼简直要翻破天际，几乎就要抑制不住自己体内的洪荒之力，冲上去将她暴揍一顿。

玩什么玩！有什么好玩的！简直不可理喻！

第二日，那傻姑娘果然如约而至，早早就站在了瑶池畔。

只是她这次仿佛变聪明了一点，不再用嘴啃着桃子乱吐，而是用泛着银光的刀刃将桃肉削成薄薄的片。

龟类的寿命已经够长了，蟠桃这种玩意儿于他而言可没半点吸引力。可他若是不吃，这傻姑娘怕是会一直趴在这里削下去吧。

于是，他只能勉为其难地咬上一口。

入口的桃肉尚未被咀嚼吞咽下去,那傻姑娘便悄悄伸出一只爪子在他头上摸……

简直要气死人了!

他贵为玄武神兽,可不是什么人都能摸他脑袋的!

怒气全往头顶冲,他狠狠咬住了那傻姑娘的食指。

傻姑娘虽傻了点,手指却嫩得像刚从地里拔出的细葱似的,可这并不妨碍他就是要咬着她,只是稍稍有些担忧,这么漂亮的手指万一被自己给咬断了可怎么办。

想着想着,他便稍稍松了口。

纵然如此,那傻姑娘还是流出了许多的血,眼泪也像断了线的珠子似的,不停地滴落。

戏折子里都说,姑娘家哭起来该是梨花带雨楚楚可怜的,这傻姑娘却龇牙咧嘴的,丑到不忍观瞻。

才不是他不忍看那傻姑娘一直咧嘴哭下去,而是她哭起来的模样着实太丑声音又太吵,所以他才松了口,被那傻姑娘一下给甩到了池底。

他的脑袋重重撞在了磐石之上,虽有些吃痛,却不曾流血。

于是,他又在想,自己会不会做得太过分了呢,人家傻姑娘也只是往水里扔个桃子罢了……

她的手指流了这么多的血,该会很痛吧?

怀着这样愧疚的心理,他在池底闷了一整夜。

他本以为那傻姑娘再也不会来找他玩了,却不料,翌日天尚未亮透,她便独自一人摸了过来。

不似前两日那般笑意盈盈,圆鼓鼓的小脸上带着那么一丝异样的情绪。

她说:"小乌龟,我马上就得离开了。"

鬼使神差地,他竟划水游了过去,他该对那傻姑娘说些什么呢?

是该与她说:好聚好散有缘自会相见?

还是该问一句:你的手指可还疼?

最后,他仍是什么都没说。

他只是划水游了过去,她便欣喜若狂地将他抱起捞入怀里,自以为是地问道:"小乌龟,你是不是也舍不得我?也想与我一同回琅琊山去?"

这时候,他很想再朝她翻个白眼,可他并没有这么做。

他想,与她一同去琅琊山看看,兴许也不错。

后来他也曾不止一次地想,若是那时候他不曾与阿雪一同回琅琊山,是不是就不会有后来的故事。

时间若能倒回,让他重选一次,他大抵仍会这么做吧。

琅琊山上的日子不比昆仑山奢靡,却比想象中还要来得有趣。

他所居住之地不再拥挤,没有了各类水生物絮絮叨叨的声音,有的仅是阿雪那傻姑娘一个人的胡言乱语。

她喜欢把他托在掌心，坐在一望无际的香雪海里，轻轻抚摸他的背脊。

阳光明媚，暖风和煦，她的声音时高时低，一下又一下被风吹散在香雪海里……

在琅琊山的日子里，那傻姑娘提得最多的便是微醺。

上古遗神微醺的名号可谓如雷贯耳，从前住在瑶池里的时候，他便常见仙娥们捂着脸，羞答答地议论着那集盛名与权势于一体的男子。

从前听那些仙娥提起微醺时，他并无甚感觉，只是偶尔会去猜想，那个传奇一般的男子究竟会是何等模样。

而今再听阿雪一次又一次提起微醺，他只觉嫌弃，嫌弃之余，竟还有些许委屈。

明明是将他捧在手心，怎能一遍又一遍地提起别人的名字？

大抵傻是会相互传染的吧，否则他也不知该如何解释，与阿雪那傻姑娘相处久了他也开始做傻事。

第一次将自己的人形暴露在她眼前，是她傻乎乎被雀族公主抛下那次。

明明她哭起来又丑又烦人，与楚楚可怜差了十万八千里的距离，可他看到却会觉得难受，胸口闷闷的，想要抚平她皱成一团的包子脸，一点一点抹干她的泪痕，告诉她：我在这里，你别害怕。

他心中分明就是这般想的，安慰的话怎么也说不出口，到头来，与她说的第一句话竟是："真是个麻烦精。"

彼时的他尚且年幼，并不晓得小姑娘是要靠哄的。

他有很多话想要对阿雪说，想要她别只对微醺笑，可到头来只会惹她生气。

他不明白为什么大家都喜欢自己，唯独阿雪那个傻姑娘见了他就只会吹胡子瞪眼睛，甚至……还说他丑。

他越想越觉烦闷，在阿雪面前变作人形的次数也寥寥无几。

相比较他的人形，阿雪大抵更喜欢他既不威风也不潇洒的元身吧？

可是，这世上又怎么会有人喜欢傻乎乎的乌龟，而不喜欢美少年呢？

所以说，阿雪果然是个有异于常人的傻丫头嘛。

时光如细砂，一点一点在指缝中流逝，转眼已过十年。

十年的时光并不算长，阿雪却已然从一个手短脚短的小团子长成纤细的小小少女。

平心而论，阿雪长得很是好看，比他在昆仑上见过的所有仙娥神女都要好看，特别是她笑起来的模样。

两颊有梨涡隐现，眼睛微微眯起，月牙儿弯弯，无忧且无虑。

于是，他想，就这样吧。

做只懒散的玄龟也是不错的，起码有她弯着眼睛对他笑，嗓音软糯，一声又一声地唤着："小乌龟。"

他不曾想过自己要这样在琅琊山上待一辈子，亦不曾想过自己这么快就要回昆仑。

看到阿雪因他而哭得那般声嘶力竭，说不感动是不可能的。

他性子向来懒散，既然西王母已然派人接他回昆仑，他也懒得再作挣扎，只是心中难免会有不舍。

往后的日子大抵不会再有人将他捧在手心，软着嗓子，唤他小乌龟了吧？

想到这里，他不禁又有些犹豫。

然后，他又听到了阿雪的声音。

"那你不但要娶我，还得带我去妖市玩。"说这话的时候，她声音里甚至都没有了哭音，隐隐带着期盼。

那一刹那，他所有的犹豫和不舍都化散开去。

小乌龟又怎比得上微醺呢？

他突然觉得自己很可笑。

回到昆仑以后，他便不再以元身示人。

所有人都震惊，他竟能在这种年纪化形。

他听罢，心中虽不屑，却也懒得去与人说，独自一人站在水镜前，一寸一寸地端视自己。

然后他唤来仙娥，替自己拿了一身白衣。

换上一袭白衣的他又在水镜前站了许久，某一瞬间他甚至想要将那奔丧似的白衣给撕掉，脑袋中又冒出阿雪一本正经的声音："白可是世上最好看的颜色，梨花是白的，雪也是白的，我就觉得它最美。"

　　他两道斜飞入鬓的眉不自觉地皱起，目光悠悠地望向窗外白云，也不知在问谁："白色真有这般好看？"

　　他不知道，也答不出来。

　　再后来，他被西方大帝收作关门弟子，从此再未见过那个声称会常去昆仑看他的傻姑娘。

　　做西方大帝弟子的日子充实而又枯燥。

　　时间在不经意间流逝，不知不觉便已过去四百年，当年那个总爱哭鼻子的傻姑娘的脸也逐渐在他记忆中淡去。

　　他以为，总有一日他将全部忘记。

　　直至他再上琅琊山却无法寻到阿雪踪迹时，方才明白，有些人不是说忘便能忘，她早在记忆深处扎了根，越是挣扎，扎得越是深。

　　他很想再叫她一声丑丫头，很想亲口问她，一袭白衣的他与微醺谁更好看？

　　可，再也没机会了。

　　自那以后，他再未穿过别的颜色的衣服。

连他自己也不知道,究竟是为了什么?

问君何以解相思?

无从解。

·番外二·
再亲我一下

阿雪扬言要替玄溟做顿晚饭。

听闻此消息的玄溟两手一抖,登时砸坏了碗。

阿雪满脸嫌弃地望向他,眯着眼睛,目光幽幽:"你不信我?"

玄溟差人再换副碗筷,又添一碗饭,毫不客气地送给阿雪一个白眼,直言道:"信你,母猪都能上树。"

阿雪听罢,悠悠叹了口气,既不言也不语,自顾自地低头扒着饭。

黄昏时分,阿雪趁四下无人,偷偷溜进厨房,随手捞了条大胖茄子便开始削皮。

皮尚未削到一半,身后便传来个阴森森的声音:"你在干什么?"

阿雪身子一僵,梗着脖子朝后一望——

正所谓不看倒还好,一看吓一跳。

好死不死与玄溟目光相撞的阿雪"呀"的一声轻叫，握在右手上的刀就这般不长眼地划在了她左手腕上。

霎时，血喷如泉。

换作平常，她随手掐个诀便能将血止住，这次却不知怎的了，一看到这喷洒如泉的血便忍不住哭出了声。

玄溟本还不知发生了什么，一听她哭便急了，忙抓起她受伤的左手，施了个诀替她止住血。

他又是无奈又是心疼："这么大个人了，遇事还只知道哭。"

阿雪一脸委屈地抹着眼泪："我也不想哭的，可是疼呀，没办法。"

玄溟又朝她翻了个白眼，同时还在她脸颊上掐了一把，最终还是软了心肠，轻声叹息着："也不知你那六百年究竟是怎样过完的！"

阿雪眨巴眨巴眼，表示不解："什么六百年呀？"

"就是琅琊山覆灭后的那六百年。"

"哦……"阿雪拖长了尾音，很是随意地笑了笑，"就这么过的呗。"

她用手抚了抚不再流血的伤口，嘴角溢出一个笑："那时候都没人疼了，还不得自己挺过去。"

然后，她又说："你知道吗？那时候我真以为自己会连第一夜都活不过，好不容易积攒起力气爬起来跑，偏生又踩空摔了一跤，那一跤摔得可真重呀，还以为全身的骨头都要散了。那时候，我本也是想哭的，哭到一半方才想起，再也不会有人扶我起来，替我揉瘀青的伤口了。所以，我只能自己爬起来呀。"

玄溟沉默了很久，将她紧紧抱住，下巴抵在她头顶："还疼吗？"

阿雪眼睛弯成月牙儿，顺势拱入他怀里蹭了蹭："不疼啦，不疼啦，现在有你哄，才不会疼呢……"

玄溟失笑出声，在她光洁的脑门上轻轻一弹："真是个傻姑娘。"

这样的语气、这样的话语使得阿雪一阵恍惚，她突然侧过身去抱住玄溟的手臂："我怎么觉得你越来越像微醺了呢？"

这话犹如在平静的水面抛下一枚巨石，玄溟顿时脸色一沉，从阿雪的怀中抽出自己的手臂，别扭地转过身去，不愿面对她。

阿雪被他这行为给逗乐了，捧着肚子大笑："咦，你该不会这般小肚鸡肠吧？我一提微醺就气成这样啦？"

都被阿雪这般不留情面地当面戳破了，玄溟还要死鸭子嘴硬，语气生硬地道："没有。"

阿雪又问："既然没有，那你为何不看着我？"

玄溟哼了哼："因为你丑。"

"哦……"阿雪笑得一脸不怀好意，尾音被她拖得老长，张开手臂从后面环抱住玄溟的背脊，"原来你喜欢丑姑娘呀。"

玄溟早就有所松动，还要死撑："待会儿我便把北冥那臭小子送走，省得你去惦记。"

"哈哈哈！"阿雪再也忍不住地开怀大笑。

听到她这毫不加掩饰的爽朗笑声，玄溟脸色越发黑了，才转过身来，阿雪便踮起脚钩住他脖颈，浅浅印下一吻。

"不要吃醋了好不好？我只喜欢你呀。"

"不好。"玄溟扶住阿雪后颈，加深这一吻，余下的话语悉数被吞回肚子里。

"你再亲我一下，我便考虑考虑。"

·番外三·
一个十分有爱的相性若干问

1. 请问您的名字?

玄溟（冷漠脸）:"玄溟。别问我的名字为什么听起来像个反派的名字。"

阿雪（满脸嫌弃）:"阿雪。九歌同学仿佛从来就不会好好给自己女儿取名字,这么简单粗暴,我都怀疑自己究竟是不是亲生的!"

作者菌（假装正经）:"不要在意这些细节,名字什么的通通都是浮云!"

2. 年龄是?

玄溟（托腮思考）:"大概一千岁多一点点。"

阿雪（掰着手指头算）:"卧槽,为什么我怎么算都比他大一点?!（马教主式咆哮）我明明是个喜欢成熟大叔的少女!你为什么给我安排一场姐弟恋？！"

作者菌（懵逼脸自言自语中……）："我咋又写成了男小女大？"

3. 性别是？

玄溟："男。"

阿雪："正常恋爱，他性别男，你说我的性别又该是什么？"

作者菌（托腮沉思）："我怎么觉得你在凑字数。"

阿雪、玄溟（满脸嫌弃＋鄙视）："明明是你在凑字数好不好！"

4. 请问您的性格是怎样的？

玄溟（骄傲）："冷酷。"

阿雪（暗戳戳地甩给玄溟一个白眼，内心OS：明明是个傲娇又闲得慌的幼稚鬼）："……"

作者菌："咳咳，那位深情翻着白眼的同学请看这边，快点回答这个问题！"

阿雪（敷衍）："我觉得我很可爱哎！"

作者菌（冷漠）："哦，我自己写的，我怎么不知道？"

5. 对方的性格？

玄溟（嫌弃嫌弃＋嫌弃）："废话多、爱哭，哭起来还很丑。（此处停顿十秒）但是莫名招人疼。"

作者菌（生无可恋地捂住胸口）："感觉迎面泼来了一大盆狗粮……"

阿雪："别扭、傲娇、幼稚、自大、无聊……但是挺好玩的怎么破！"

玄溟（目光冰冷）："敢情你一直都想玩我？"

阿雪（奸笑）："对呀，少年玩心咩？"

玄溟（微笑）："好呀！"

作者菌："……"内心 OS：两个神经病。

6. 两个人是什么时候相遇的？在哪里？

玄溟：一千年前，瑶池池畔。

阿雪：当然是同一个地方了。

7. 对对方的第一印象？

玄溟："这姑娘又傻又笨还爱哭。"偏过头去悄悄地瞅阿雪一眼，"简直让人喜欢到不行。"

阿雪（震惊）："快说！你刚刚是不是在夸我！"

玄溟（莫名尴尬）："你听错了。"

阿雪："没有啊，我明明听得很清楚！你就是在夸我，说我讨喜喜欢到不行！"

玄溟（脸色一松）："好吧，你说有就有。"

作者菌："……"强势插入分开越凑越近的两人，"此处禁止虐狗！"

8. 喜欢对方哪一点呢?

玄溟:"总之,不会是喜欢她爱哭。"

阿雪(恨恨收回放在玄溟身上的目光):"总之,不会是喜欢他别扭和傲娇。"

9. 讨厌对方哪一点?

玄溟(沉思许久):"本觉得她这人挺讨厌的,可仔细想想,却又发觉根本找不到她能让我讨厌的地方。"

阿雪:"我也……想不到!"

作者菌:"要不我替你们回答吧。"阿雪与玄溟齐刷刷地看过来,作者菌阴险一笑,"我讨厌你们在我面前秀恩爱!"

10. 你觉得自己与对方相处融洽吗? 性情是否相近?

玄溟:"从讨厌到喜欢,到爱,到再也不想与她分开。"

阿雪:"哈哈哈,哈哈哈,不行了,我好想笑,那个人说话可真肉麻。"

玄溟(冷漠扫阿雪一眼,目光冷飕飕的):"那你今晚别想和我一起睡。"

阿雪(坏笑):"好呀,那我去找北冥玩。"

玄溟(拽住阿雪的手一声冷哼):"你要是敢去,我就再也不理你了。"

作者菌:"嘶……牙都要酸掉了。"

11. 您怎么称呼对方?

玄溟、阿雪(对视一眼):"丑丫头!臭小鬼!"

作者菌:"嗯,不错不错,很有默契。"

12. 您希望对方怎样称呼自己?

玄溟:"夫君。"

阿雪(打了个冷战):"简直不敢想,他一脸肉麻用别的称呼来喊我的样子。"

作者菌(嫌弃脸):"女儿你一定是个抖M。"

13. 如果以动物来做比喻,您觉得对方是?

玄溟:"黑不拉几的乌鸦!"

阿雪:"又黑又笨的乌龟!"

作者菌(扶额):"莫名觉得这个问题好蠢怎么破?"ヽ(´▽`)ノ

14. 如果要送礼物给对方,您会送什么?

玄溟:"不如送我吧。"

阿雪:"我拒绝签收!"

玄溟(冷漠):"哦。"

15. 那么您自己想要对方送什么礼物呢?

玄溟:"把她自己送给我。"

阿雪(依旧冷漠):"我拒绝送!"

16. 对对方有哪里不满吗? 一般是什么事情?

玄溟:"第一个喜欢的人居然不是我!"

阿雪:"居然一直以我师父自居,坑了我这么久!"

玄溟(一脸无奈):"不骗你,你又会跑,天大地大,我该去哪里找你?"

17. 您的毛病是?

玄溟(冷笑):"我会有病?"

阿雪(摇头晃脑):"没毛病,没毛病,我们都没毛病。"

作者菌(满脸鄙夷):"我觉得你这样子看起来就还蛮有病的。"

18. 对方的毛病是?

玄溟:"爱哭、贪吃……还莫名喜欢调戏人,可这应该都不算毛病吧?"一脸疑惑地望着作者菌,"你说是不是?"

阿雪:"仔细想想,好像并没有,如果非要说,就是……心眼小了一点吧。"

玄溟（斜着眼瞥阿雪）："我心眼小，已经记住你说的话了。"

19. 对方做什么样的事情会让您不快？

玄溟："在我面前提起微醺。"

阿雪："没有啊，我觉得他不论做什么都挺搞笑的，哈哈哈哈……"

玄溟：（暗戳戳地掏出小本子记下这句话。）

20. 您做的什么事情会让对方不快？

玄溟："她都说我这个人搞笑了，还能有什么？"

阿雪："大概是总在他面前提起微醺吧。"

21. 你们的关系到达何种程度了？

玄溟："亲也成了，娃也生了。"

阿雪（拍拍胸口，心有余悸）："还好生出的不是背上长壳的乌鸦。"

22. 两个人初次约会是在哪里？

玄溟："不曾约会，直接扛走成亲。"

阿雪（嫌弃脸）："看吧，他这人就这么没情调还暴力。"

23.那时候的气氛怎样?

玄溟、阿雪:"这个问题不存在,画掉!"

24.那时进展到何种程度?

玄溟、阿雪:"继续画掉!"

作者菌(目光呆滞):"哦。"

25.经常去的约会地点?

玄溟(坏笑):"床上算不上?"

阿雪(冷漠):"你大爷的!"

作者菌:"咳咳,此处禁止开车!"

26.您会为对方的生日做什么样的准备?

玄溟:"只要她想要,哪怕是整个六界都无妨。"

阿雪:"像我这种可爱活泼又机智的人呢,当然会有很多新奇的想法啦,每次都要有不同的创意嘛。对了,那个谁你刚刚是不是说,只要我愿意,什么都可以对吗?"停顿两秒,咧嘴坏笑,"那我现在想要见微醺,你把他带过来呀。"

玄溟(瞬间黑脸):"不去!"

阿雪(笑着凑近):"去嘛……去嘛……"

玄溟:"不去!不去!"

作者菌："……"

27. 是由哪一方先告白的？

玄溟："直接提亲。"

阿雪："对啊，简直猝不及防！谁能想到他居然从做乌龟开始就已经觊觎我了！"

玄溟（冷漠）："你还不是从做乌鸦的时候就开始觊觎微醺？"

阿雪："那是肯定啊！毕竟被他一手养大的嘛。"

玄溟："那你现在要改成觊觎我了。"

阿雪（不解）："为什么呀？"

玄溟（微笑）："因为，从此我要负责把你养到老。"

28. 您有多喜欢对方？

玄溟："天崩地裂，海枯石烂，此情不变。"

阿雪（莫名嫌弃）："你应该是看多了《还珠格格》。"

29. 那么，您爱对方吗？

玄溟："自然。"

阿雪（撇头望着玄溟，会心一笑）："大概是的。"

30. 对方说什么会让你觉得没辙?

玄溟:"变成乌龟给我再养一段时间。"

阿雪:"哦,那你变成乌龟再给我养养呗……"

玄溟:(毫无反应的冷漠)

31. 如果觉得对方有变心的嫌疑,你会怎么做?

玄溟:"她敢?"

阿雪:"那我现在就变一个给你看,那个谁,作者菌你干脆再写个微醺带着记忆复活的番外吧!"

作者菌(奸笑):"总觉得可以搞事!"

玄溟:(磨刀霍霍)

32. 可以原谅对方变心吗?

玄溟:"明知道绝对不能原谅,却无法确定若真发生了,自己会如何去做,大抵终究还是不忍心去责怪她的。"

阿雪(眉开眼笑):"哈哈,那你是默许我变心啦?"

玄溟:(又默默掏出小本子写啊写)

33. 如果约会时对方迟到一小时以上怎么办?

玄溟:"等,我都已经等了她两辈子,整整一千年,还有什么不能等?"

阿雪:"我才不愿意等呢,那我肯定会先走。"

34. 对方性感的表情?

玄溟:"她大概与性感这两个字八竿子打不着。"

阿雪:"他这种幼稚的臭小鬼才不性感!"

阿雪、玄溟:(同时撇脸,一声冷哼)

35. 两个人在一起的时候,最让你觉得心跳加速的时候?

玄溟:"我的元身注定我会永远淡定。"

阿雪:"认真说起来,其实有过很多次。"转头望向玄溟,"所以,我应该很早就开始喜欢你了吧……"

玄溟:(默不作声,嘴角却微微扬起)

36. 做什么事情的时候觉得最幸福?

玄溟:"她在,不论何时都幸福。"

阿雪:"我也这么觉得,哈哈。"

玄溟(宠溺地一弹阿雪额头):"就知道傻笑。"

37. 曾经吵架吗?

玄溟:"从未。"

阿雪:"我们之间,不是他欺负我,就是我欺负他,吵架这种事倒是从未有过。"

38. 都是因为什么吵架呢?

玄溟、阿雪（一齐摇头）："都说了没有，这个问题跳过。"

作者菌："感觉自己仿佛又受到了伤害。"

39. 之后如何和好?

玄溟："跳过。"

40. 转世后还希望做恋人吗?

玄溟："我希望是生生世世永永远远。"

阿雪："下一世，我比较想做他主人哎，毕竟小乌龟什么的还是比他可爱太多了。"

玄溟：（抽出小本子蓄势待发）

41. 什么时候会觉得自己被爱着?

玄溟："她奔赴战场找我，在恶鬼修罗境中替我挡下那支骨箭的时候。"

阿雪："从他寝宫翻出我当年送给听笙的木牌，以及看到他的元身时。"

42. 您的爱情表现方式是?

玄溟:"陪伴在她身边,给予她一切的肯定与支持。"

阿雪:"我觉得我时时刻刻都在表达对他的爱意呀。"

玄溟(冷漠):"我怎么没看出来?"

阿雪:"那你要我现在亲你一口吗?"

作者菌:"走开走开,不准虐狗,正经回答问题!"

43. 什么时候会让您觉得"对方已经不爱我了"?

玄溟:"做梦念微醺的名字。"

阿雪(努力回想):"……"

作者菌:"那你呢,你又想跳过不回答吗?"

阿雪:"呃,让我想想,应该是没有的吧,我觉得他还挺爱我的,哈哈哈。"

44. 您觉得与对方相配的花是?

玄溟:"梨花,纯白、柔美。"

阿雪:"那我得想想,有什么花最表里不一。"

玄溟:(暗戳戳地横了阿雪一眼)

45. 俩人之间有互相隐瞒的事情吗?

玄溟:"很多事,譬如,我根本不曾收她为徒;譬如,我便是她千年前所养的小乌龟；譬如，听笙乃是我下凡渡劫的托身……譬如，我爱她。"

阿雪："我的事这货都知道，在他面前，我大概是透明的！"

46. 您的自卑感来自？

玄溟："曾经被她当宠物龟来养算不算？"

阿雪："没有……没有……我们都没有……"

47. 俩人的关系是公开还是秘密的？

玄溟："除了她自己，明眼人都能看出来。"

阿雪："我……当初一直以为自己是他徒弟来着，怪不得了……怪不得了……他总是骚扰我！"

48. 您觉得与对方的爱是否能维持永久？

玄溟："直至天地皆毁灭。"

阿雪："这得看他能喜欢我多久啦，所以，应该是永恒吧。"

图书在版编目（CIP）数据

千山只待你 / 司无邪著. -- 贵阳 : 贵州人民出版社, 2017.7（2020.1重印）
ISBN 978-7-221-14108-8

Ⅰ.①千… Ⅱ.①司… Ⅲ.①长篇小说－中国－当代
Ⅳ.①I247.5

中国版本图书馆CIP数据核字(2017)第096247号

千山只待你
司无邪 著

出版统筹	陈继光
选题策划	大鱼文化
责任编辑	黄蕙心
特约编辑	菜秧子
封面设计	刘 艳
内页设计	米 籽
封面绘画	四时雪
出版发行	贵州人民出版社（贵阳市观山湖区会展东路SOHO办公区A座 邮编：550081）
印 刷	三河市华东印刷有限公司
开 本	880×1230毫米 1/32
字 数	190千字
印 张	8
版 次	2017年7月第1版
印 次	2017年7月第1次印刷 2020年1月第2次印刷
书 号	ISBN 978-7-221-14108-8
定 价	35.00元

版权所有 盗版必究。举报电话：策划部0851-86828640
本书如有印装问题，请与印刷厂联系调换。联系电话：0731-82755298